ヘテロトピア集

管啓次郎

JN207214

コトニ社

ヘテロトピア集＊目次

I　ヘテロトピア・テクスト集　7

I　ヘテロトピア・テクスト集

言葉の母が見ていた（ショヒド・ミナール、東京）

　この広場にきみが立っていたのを覚えています。夜明けでした。昇る朝の太陽が赤く、赤いお皿のように輝いて、コンクリートで固めた街も、そのときばかりは広々とした平原のように見えるのでした。赤い花に埋めつくされた春の平原。それはゆったりと流れる大きな河が作り出したゆたかなデルタ地帯で、光と熱をいっぱいに浴びた村々が人々をやさしく抱きしめ育ててくれる、あふれるほどの緑と穀物のみのりに恵まれた土地でした。そこはきみのふるさと、でもきみが離れなくてはならなかったふるさと。そして離れてしまった大地の面影を、この似ても似つかない北の都会で探そうとして、きみはいつもひとりでこの広場に立っていました。夜明けでした。灰色の街に昇る朝日を見ながら、きみの心は緑にふちどられた黄金の大地に昇る、赤い太陽を想像していました。ベンガルの土地を離れて、きみは東京にやってきた。異質なものたちが交わることなく混在するこの都市に。ここはヘテロトピア。きみの心と肉体の冒険が、この場所ではじまったのです。

そのころ私はここにいなかった。私の姿はこの広場にはなかった。でもきみがここにやってきたとき、私もまた風のように目に見えない怒りとして、悲しみとして、希望として、愛として、すでにここにいたのだということを、あえていう必要があるでしょうか。私は言葉、私は母。いつも私のそばを離れない四人の子供たちとともに、きみが私の響きを口にするたび、世界のどこであろうと私は現れる。姿ではありません、私は音。心を直接にみたす音です、歌です。きみがはじめてこの街にきたのは一九八七年。はっきりと覚えています、きみは二十二歳でしたね。世界のどこよりも混雑しているかのようなダッカの大通りを離れ、たったひとり、きみはやってきた。あのときのきみくらいはっきりとした目標をもった若者は、たぶんこの世界にそんなに多くはいないでしょう。計算機を使って文字を作り印刷する、電算写植の技術を身につけようと、きみは日本にやってきたのでした。そしてあの朝、このおなじ広場で、きみはベンガルの詩人カジ・ノズルル・イスラムが二十二歳のときに書いたあの詩、「反逆者」を、小さな、でもはっきりした声で、一気に朗唱しました。ファルグンと呼ばれるベンガルの春、花の月を、たちまちのうちにその場に呼び寄せるかのような勢いで。

私は狂い、みすぼらしく、宇宙の敵の弟子である、
私は燃え上がる炎であり、この世界を焼きつくす。
私は心を開いた笑いと喜びであり——
私は創造の敵であり、偉大なる恐れである、
私は終末の日の十二の太陽の日食である！
私は自らの意志により、
時に平安そのものとなり——時に平安を乱すものとなる、
私は血の色をした若き日の太陽であり、私は秩序を貶める！
私は嵐の情熱であり、私は海のうねりであり、

私は輝き、さらに輝き、
私は溢れる水のうねりとなり、波のうねりの旋律の揺れとなる！

（丹羽京子訳）

ベンガル語で書く詩人ノズルル、一弦の琴を奏でながらベンガル語で歌うノズルルは、私の子供たちの中でももっとも深く私を愛した者のひとりでした。二十二歳のノズルルは、その詩をとりつかれたように一気呵成に書き上げたとき、詩人となりました。一九二一年のことです。きみはこの詩を父親から受け継いだ。いや、正確には、父親がことあるごとに口ずさんでいたというその詩をきみの耳がおとうさんの肉声で聞いたのは、すでにきみの記憶の外にあるできごとです。きみはそれを覚えていない。けれどもきみが六歳のときにおとうさんが亡くなって、その後、きみのおかあさんがくりかえし語って聞かせたおとうさんの思い出の核心にあるのが、その詩なのでした。

私がこの広場にこうしている理由は、きみには説明する必要もありませんね。私はベンガルの心です。「国」という考え方は私の理解を超えています、なぜなら私はベンガルの「土地」に深くむすびつき、そこから陽炎のように燃えたつ存在なのですから。現にいまも川の両岸、バングラデシュとインドの西ベンガル州で、私はおなじように話されています。けれども人間たちの歴史はさまざまな葛藤の連続で、対立はしばしば流血の惨事となって、多くの人々を傷つけ、殺しました。人の世の事件は、ともかくも、過ぎてゆきます。しかし事件が心に残してゆく傷は、十年や二十年では癒されることがありません。一九四七年、英領インドはインドとパキスタンに分かれて独立しました。「日が沈むことがない」と豪語していた大英帝国が、第二次大戦を通じて疲れきってしまったことに、その遠因があったことはまちがいありません。ところが東と西にきわめて不自然なかたちで分かれていたパキスタンでは、西の政治家たちがウルドゥー語を唯一の公用語とするべきだと主張したことにより、国内に強い緊張が生まれました。そして一九五二年二月二一日の、あの事件が起きたのでした。言葉としての私を救うために。私が愛し私を愛する私の子供たちが、犠牲になったのです。

きみのおとうさんは、あの事件で亡くなった三人の学生の友人でした。そのときにはまだダッカ医科大学で学ぶ学生でした。ものしずかで勉強好きな、とてもまじめな青年だったことをよく覚えています。でも一方で詩と歌を好み、ノズルルの「反逆者」をすみずみまで暗記している、心で火が燃えている人でしたね。心に、ハイビスカスの花のように赤い太陽が住みついた人でした。おとうさんは医師になり、きみの父親になり、きみをブルブルという愛称で呼ぶようになりました。それはノズルルが三歳で亡くした息子の愛称でもありました。私、すなわち「ベンガル語」をめぐる運動はその後も激しさを増し、一九七一年にはバングラデシュ独立戦争が戦われることになりました。医師であったきみのおとうさんが死んだのは、その戦争のときです。詳しい事情はわかりません。おそらく戦闘に加わったわけではないでしょう。多くの一般市民が犠牲となり、おびただしい流血の果てにバングラデシュは独立した。あの緑の地に赤い丸をもつ国旗、犠牲の血と春の花と希望のような太陽のすべてを意味する国旗をもつ国として。それが、ブルブル、きみの新しい祖国になりました。

一九六五年に生まれたきみが、六歳にしてバングラデシュの「国民」となり、同時に父親を失い、おかあさんが大変な努力をしてきみを育てるのを、私はずっと見てきました。知っていました。感じていました。そして二十二歳のきみがこの東京の広場に初めてやってきたときのことも、初めにいったように、ちゃんと覚えています。それはまだ肌寒さの残る春、バングラデシュの新年を祝う祭り「ボイシャキ・メーラー」の時期でした。長袖シャツ一枚でジャケットもないまま、でも寒さに立ち向かうように、ブルブル、きみはノズルルの「反逆者」を口ずさんでくれました。亡くなったおとうさんに似て勉強好きで工夫好きなきみは、観光ビザで入国したまま東京の下町の印刷工場で働き、そのころちょうど全面的な転換期をむかえていた電算写植の技術を覚えました。ベンガル語が書き表せるよう、二年ほども苦労して、自分でフォントを作りましたね。米の粉で作ったバングラデシュのおもち「ピタ」が大好きだったきみは、日本ではピタよりもずっと粘り気の多い日本のおもちが大好きになり、いつもそれを焼いて食べながら、何人かの仲間と住むボロボロのアパートで、仕事のあとの疲れも気にせず、自分のヴィジョンを追っていました。私はそれを見ていました。

きみのヴィジョン、夢。それはまだまだ識字率が低かったバングラデシュの子供たちに、質のいい読み物の冊子を提供することでした。日本のバブル経済の頂点とその崩壊を、狂ったような東京でじっと横目に見ながら、きみは六年間住んだ日本からバングラデシュに帰国し、自分の出版社を作りました。最初は小規模に、でも全国の子供たちや母親たちの着実な支持を得て、きみが作る本は花のように美しく平野をみたしてゆきました。私は、きみの私に対する愛を感じた。子供たちは、きみのあの子たちに対する愛を、ことさらに意識することなく、でも全面的に浴びて育ちました。東京での生活できみが感じたこと、苦労したこと、きみの身に起こったいくつかの不愉快なできごと、不安、焦燥、悩み。私はきみを助けることもできず、ただきみの心の震えをいつも感じていました。きみに感謝しながら。将来きみの愛を受けることになるバングラデシュの子供たちのために、心から喜びながら。

ブルブル、一九九三年に帰国したきみが、いま二十年ぶりに日本にやってきて、このすっかり姿の変わってしまった池袋の広場に立つ姿を、私はみちたりた微笑とともに見ています。いま、私の姿を、いや本当には姿がない私の似姿を、きみも見ることができます。ショヒド・ミナール。ベンガル語の魂を表し、バングラデシュの建国の理想をいつまでも人々に思い出させるための記念碑。きみはかつて東京でお世話になった数少ない日本人にひさしぶりに会うためにここに来た。あのころの、きみが「社長さん」や「奥さん」や「おじさん」や「おばさん」と呼んだ人々にとっては、たぶん最後のきみとの歓談のために。「国」という仕組みを基盤にした「国際関係」というとんでもないペテンは、「グローバル化」とともにいっそう壁を厚くして、いまも続きます。争いはあらゆるレベルで起こり、痛みと悲しみは続く。でもそれにほころびを生じさせるものがあるとしたら、それは小さな友情。つかのまの交感だけ。

たとえば言葉である私の体だって、いまも国境に、河に、引き裂かれています。その河に生まれた中洲に住みついた人々は、極貧の生活を送りながら、国と国とを渡りつつ生きている。私を話しながら。私を愛しながら、その手で生活を営むのです。そして世界のどこにいようと、どんな風に暮らそうと、子供たちが私を口にするとき、私は燃え上がる。翼になる、鳥になる、風になる、雲になる。叫びになり、歌になり、さえずりになり、時にはみちたりた沈黙にもなります。太陽の光になります。花になり、血になるのです。

ブルブル、私を愛してください。私はいつも、いつまでも、おまえを愛している。おまえの声が私の声。おまえの歌が、私。さあ、最後にノズルルが遺したもうひとつの詩を口ずさんでちょうだい。ありがとう。さようなら。おはよう、いつまでも。

色とりどりの帳面

新しい手の新しい言葉で
　帳面が彩られますように
日々新たにカッコーや孔雀の声が
　静寂の森に響きわたりますように
何千という鳥の歌に揺れて
　澄み渡った空に小波《さざなみ》が立ちますように
このページの一枚一枚に
　言葉の花が咲きますように
千の国の歌うたう鳥の

紅色《くれない》の千の羽根が舞い
その羽根で編まれた朽ちることのない籠が
サラスヴァティーの手の中で揺れますように！

（丹羽京子訳）

神田神保町の清燉獅子頭《チンドゥンシーズートウ》（漢陽楼、東京）

みなさん、一九二二年の神田神保町から、こんにちは。いまあなた方がぼくの声を聴いているのは日本語によるのだとしても、それはじつは作りごとなのです。なぜならぼくは日本語がうまくなくて、日本語で思っていることを思うように話すなんて、とてもできない。だからいま、ぼくの母語である中国語でこう話しているのを、日本語をほとんど完全に身につけた友人が日本語に訳してくれます。彼は言葉にかけては天才で、日本語以外に英語もフランス語もロシア語も相当にできるのです。ぼくが来日してまもないあるとき、ここ神保町で、Sという名の彼がラジオのダイヤルをひねるように、あるいは線路の転轍機を切り替えるように、中国語と日本語とロシア語のあいだを自由に行き来しながら、その場にいた数人の談話をとりまとめているのに居合わせたことがありました。ぼくは感動しました。そのとき話をしていたのは、日本語ができる中国人、日本語ができない中国人、中国語はわからないけれど日本語を話す朝鮮人、中国語が話せず日本語もまだ片言のロシア人で、このロシア人はロシア人といってもシベリアのどこか出身の少数民族で、容貌からいうとまったくアジア系でそれはモンゴルにも中国北部にもいる顔でした。そして日本語とヒンディー語が上手に話せる、ただし母語はベンガル語の、インド人。みんなの会話はたわいもないことでしたが、そのときぼくは非常にふしぎな気持ちがした。われわれがそれぞれ故郷を遠く離れた、ここ東京は神田神保町の学生街で、小さな書店のビルの狭い階段を上がった二階の珈琲茶館《コーヒーハウス》で、このように集っていることに。そのとき、思ったのです。東京とはいったいどういう都会なのか、と。われわれはここで何をしているのか、と。

今年、一九二二年五月に日本に来て、はや半年あまりが経ちました。日本に来るという考えをぼくが得たのは、年上の従兄の影響が大きかったと思います。上海で暮らす従兄は、浙江省の小さな町で生まれ育ったぼくから見ると、都会人であり、教養人でした。その従兄と昨年ひさびさに再会し話しこんだとき聞かされたのが、「東京には何かあるぞ」という言葉でした。従兄は英語がよくできて、イギリス系の銀行で事務員として働いているのですが、従兄の世界観はぼくには衝撃的なものでした。彼はこういうのです。「過去四百年の世界はヨーロッパが作ってきたものだ。スペイン、ついでイギリスに覇権が移っても、西欧という圧倒的な力が世界を支配していることに変わりはない。清やロシアのような、それひとつで西欧全体に匹敵するような大国すら、国民の大部分はいかんともしがたい貧困にあえいでいる。その大きな理由は国際的な蓄財と通商の仕組みを作り出したのが、西欧そのものだからだ。だが、この仕組みは、世界の他の部分を全面的に不幸にする。アジアは、アフリカはどうなる。食い物にされるだけだ。おれはイギリス系の銀行で働いているが、効率よく整然とお金が動き、その影でイギリス本国だけが潤ってゆくのを、素足で熱砂と氷原を交互に歩くような思いで見つめている。この仕組みの全体を変えなくてはならない。アジアは自己を主張しなくてはならない。西欧を抑制しなくてはならない。そのためにアジア人相互のあいだの連絡をきちんと作り出さなくてはならない。その拠点となりうるのは、たぶん東京だけだ」

このような従兄の言葉の当否はぼくにはわかりませんでしたが、「東京に行ってみよう、そこで学ぼう」という気持ちが、すぐに燃え上がりました。布を扱う田舎商人であるぼくの父にとっては、都会とはまず上海のことであり、東京など世界都市としては二流の、まあそれなりにやっているという程度の場所と映っていたようです。でも東京で日本語を学び、さらに社会の土台である法律を学びたいという、ぼくの希望を、父は支持してくれました。そしてぼくは従兄の知人、言葉の天才であるSをまず訪ねるようにといわれて、この島国の首都にやってきたのでした。われわれの大陸からの視点でいうと、端っこもいいところ、太平洋への崖っぷちにしがみついたようにさえ思える、この東京に。

ぼくの父は一八七五年生まれですから清国に生まれた人間です。かれらの世代にとって、日清戦争の敗戦は大きな衝撃でした。清という、ひとつの世界のような大国が、あのちっぽけな島国に破れたというのですから。でも中国大陸南部の人間にとって、清という北方系の満州族の国への大きな打撃は、ある意味で旧弊な社会を変えてゆくための好機でもありました。この意識は広く共有されていました。一八九四年から九五年の日清戦争後、九六年に最初の中国人留学生が東京にやってきました。お茶の水の明治法律学校が、かれらのめざす場所となりました。開国以来ほぼ三十年、日本という島国はやっとアジア人留学生がめざす目的地となったのです。やがて神田神保町を中心として、東京にはほとんど一万人におよぶ中国人留学生が暮らすようになりました。

Sはぼくの従兄とおなじく一八九八年生まれ、ぼくより五歳年上です。一九一七年に来日し、まず東亜高等予備学校で日本語を学び、ついで明治法律学校を卒業しました。いまは横浜の貿易商の手伝いをしながら、さらに学問を修めるためにカリフォルニアにわたる機会をうかがっています。大きな人物です。Sは三つの場所で世界を考えろ、自分はそうするつもりだ、といいます。彼にとっては、まず故郷である上海。そして東京。ここからさらにサンフランシスコにゆき、自分は生涯をかけてその三つの地点から世界を考えるつもりだ。この三角形はどのようにでもとればいい。イスタンブール＝ベルリン＝ブエノスアイレスといった途方もなく巨大なものでもいいし、サイゴン＝ホノルル＝シドニーといったやはり相当に大きな三角形でもいい。それよりは小さくても、台北＝大連＝東京だってなかなかのものだ。人それぞれの大小の三角形がいくつも重ねられることにより、世界が把握される。それぞれの個人には限界があるが、三角形の連鎖により、人々の視野の総和によって、世界を想像することはできるはずだ。やがて必ず地球全体があらゆる考え方の基礎になる時代が来る。それを仮に「全球化の時代」と呼んでもいいね、とSはおだやかな微笑をうかべながらいいます。きみはきみの三角形を構築せよ、とSはぼくにいうのです。その位置から、必ず、つねに、世界の「全体」を考えろ、と。「全体」を織りなすさまざまな「関係」の群れを考えろ、と。

　ぼくが東京に着いて彼にはじめて会ったとき、連れていかれたのが神保町のある中華料理店でした。店をはじめたご主人は、日本にやってきて、当初はロシア銀行で働いていたそうです。ところが日露戦争で銀行がつぶれ、生計を立てるために、中国人留学生むけの下宿屋に転職。それから辛亥革命の年、一九一一年に、靖国通りに面した場所に料理店を開きました。この店の浙江料理は、故国を離れたばかりのぼくをほっとさせるものでした。どれほど強がって自分をだましてはいても、やはり心細かったのでしょう。名物の清燉獅子頭《チンドゥンシーズートウ》、つまり油で揚げてからスープで煮た肉団子は、ぼくの好物でもありました。

その料理をおいしく味わいつつ、Sの話を聞きながら、十九歳のぼくは生まれてはじめてといっていい大きな希望が湧いてくるのを感じました。大陸アジアから見ればほんの片隅にすぎないこの島国の都市で、ここで勉強するのだ。これから、自分も真剣に世界を考えるのだ、と思うと、むやみに気分が昂揚してきました。これから、中国各地からの留学生だけでなく、もちろん周囲の日本人だけでもなく、ロシア人にも朝鮮人にも欧米人にも出会うのだ。越南人にも、シャム人にも、ジャワ人やセイロン人にも出会うのだ。出会って、出会って、出会いまくるのだ。そしてかれらと出会うとき話をするためには、まずはこの都市の公用語としての日本語を身につけなくてはならない。Sのように整然と日本語を話せるようになりたい。そんな思いです。Sの留学生仲間に、もうひとりのSという、作文が上手で気のいい若者がいたのですが、彼は日本語がどうしても上達せず、二年もたたずに失意のうちに帰国したそうです。そのもうひとりのSも、この清燉獅子頭《チンドゥンシーズートウ》が大好きだったとのことでした。「でもあいつは傑物だったよ、言葉は究極の目的ではない」と、いま目のまえにいる達者な日本語使いのSはいいます。そうかもしれません。しかしぼくは、まずはあくまでも言葉をよく身につけたい。その言葉をもって、自分の前に世界を拓きたい。自分にしか見えない世界を求め、自分だけの三角形を構築したい、と考えているところです。

話を聞いていただき、ありがとうございました。それではここからは、Sの通訳を介さず、ぼく自身の日本語で話しましょう。帳面を見ながら話すことを許してください。

コンニチハ。イイ天気デス。寒イデスネ。ゴハン食ベマシタカ。今日、イイ本ヲ読ンダカ。東京ガ好キデス。日本語ヲ習イタイ。嘘ヲツイテハイケナイ。あじあノ誇リデス。友達ニナリマセンカ。カワイイ犬デスネ。道ヲ教エテクダサイ。アリガトウゴザイマス。私ハ浙江省カラ来マシタ。私ハ平和ノタメニ努力シマス。君ハ平和ノタメニ戦イマス。私ハケッシテ争イマセン。君ト私ハ新シイ社会ヲ作リマセンカ。君ト私ハ社会ニハ正義ガ必要デス。人ニハ親切ガ大切デス。君ト私ハオナカガ空イテイマセンカ。君ト私ハソノ言葉ハ何ト読ミマスカ。コンバンハ。明日、コンニチハ。明日、アリガトウ。ゴ機嫌ハ如何。君ト私ハ東京ニハ、多クノ国ノ人々ガ暮ラシテイマス。私ハ彼等ヲ勉強シマス。私ハ彼等ノ友達ニナリマス。君ト私ハ東京ガ好キニナリマシタ。君ト私ハココハ私タチノへてろとぴあデス。君ト私ハ昨日カラ東京デシタ。

君ト私タチハ東京ヲ生キテイマス。明日モコンニチハ。

本の目がきみを見ている、きみを誘う。旅に（東洋文庫、東京）

植物には目があると感じたことはありませんか。たとえばきみが毎朝、駅にむかう途中で出会う、あの大きな樹。あの木の葉っぱの一枚一枚が目で、木はその目によって太陽と世界を見ているのです。もちろん、きみのことも。おなじように書物は、本は、きみのことを見ています。本には目がなくても、きみの存在を気配として感じ、まるで夢の世界からそうするように、きみに語りかけようと思っているのです。

ここモリソン書庫に並ぶすべての本も、やはりそうです。いま、二万四千冊が、きみをやさしく見守っています。本はどれもおとなしい姿をし、沈黙を守っていますが、その中には世界のあらゆる地点に通じる道標が隠されています。ここにあるのは千のアジアへの手がかり。酷寒の森林から灼熱の平原まで、乾燥しきった高原の砂漠からゆたかにうるおう熱帯雨林まで、アジアという名で呼ばれるすべての多様な土地への扉が、これらの本の中に集っています。本とはあらゆる土地のあらゆる時代へと通じる通行手形でもあるのだということが、この場所にいると強く実感されます。

本は無言で呼びかけます。旅に誘います。きみを旅立たせたくって、仕方ないのです。でも実際の肉体の旅のまえに、心を鍛えておくことを、本は要求します。最低限の荷物のような知識を得るとともに、これから未知の土地へと入ってゆくのだ、この知らない道を歩きとおすのだという心構えを要求します。いま、ここに集っている本という扉たちの中から、きみはどの道に通じる一冊を選び出すのでしょうか。

本が、まるで「散歩に行こうよ」と誘う犬のように、きみを旅に誘うことの最高の例が、ここにあるマルコ・ポーロの旅行記でしょう。日本ではむかしから『東方見聞録』という題名で知られてきたこの本は、十三世紀後半に故郷ヴェネツィアから元の首都である大都（現在の北京）まで旅をしたマルコ・ポーロの、二十四年にもおよぶ旅行体験をもとにして書かれたものです。まとめたのはピサ出身の小説家ルスティケーロ。もともと『世界の記述』と題されていたこの本は、出版以来写本で伝わり、活版印刷の発明後、各国で多くの言語への翻訳が出版されました。にわかには信じることのできないこともいろいろ書かれていますが、この本は国際的なベストセラーといっていい、長い年月にわたって非常によく読まれた作品となりました。

二十年にわたって北京に住んだジョージ・アーネスト・モリソンが収拾したのは、さまざまな言語と版による五十五種類の『東方見聞録』です。東洋文庫はそのコレクションをさらに拡大し、七十七種類の刊本を所蔵しているそうです。そしてこの作品に関しては、もっとも古いテクストがどれだったかは、もうわかりません。印刷以後の、文字で書かれた書物はどれもいかにも定まった姿をしているものですが、この作品に関していうと、マルコ・ポーロからの聞き書きに基づくというその性格とともに、『東方見聞録』の起源はどこか夢のような仄暗い地帯に位置しています。もともとの写本の時代にはじまり、それが翻訳され、新たに別の言語で出版されるたびに、書き加えられたり、削られたり。微妙に姿を変えてきました。

この本は、その周囲でみんなが集う、夢の焚火みたいなものだったのかもしれません。どこかお祭りめいたところのある本です。そしてそれを愛読する人たちにとっては、その夢は夜ごとに燃え上がる旅の夢想となりました。ラテン語訳のこの本をたずさえて、黄金の国ジパングを夢見るコロンブスは西へ西へと航海を続け、アメリカスという広大な世界にたどりついてしまいました。それ以後のヨーロッパによる南北アメリカおよびカリブ海への侵略と支配が、グローバルな「近代」の原動力となったことは、改めていうまでもありません。マルコ・ポーロの旅行記は、コロンブスという航海者にとって文字通り「枕頭の書」だったのです。コロンブスの航海は十五世紀のできごとですが、十九世紀の終わりから二十世紀になっても、中央アジアをめざしたヨーロッパ人の探検家や考古学者は、マルコ・ポーロを唯一の先達としてこの地域に分け入っていきました。スウェーデン人のスウェン・ヘディン。あるいはハンガリー出身のユダヤ系イギリス人オーレル・スタイン。六百年も前の旅行の聞き語りが、かれらにとってはこの地域への窓、現実とも幻想とも定かではないふしぎな地理学の手引きとなったのです。

本はそんなふうに人を旅へと誘います。それは本の中に埋めこまれたあらゆる小さな記号がもつ力のせいです。それらの記号はそれぞれが別の時間や空間をしめしています。ちょうど花のある場所を仲間にしめそうとする蜜蜂のように、その場で8の字ダンスを踊っているのだと考えればいいでしょう。ページはそんな働き蜂たちで充満しています。この働き蜂のたとえには、もうひとつ美しい効果があります。それは人間のあらゆる旅には先行者がいることを思い出させてくれるからです。故郷を出たときにまだ十六歳だったマルコは、その後の生涯をかけて大旅行家の代表選手と見なされるようになりましたが、見落としてはいけないのはマルコの旅に先行する、彼の父ニコロと叔父マテオの旅です。このヴェネツィア商人の兄弟は、マルコがまだ母親の胎内でまどろんでいたころ、ヴェネツィアを出発してコンスタンティノープル（すなわち今のイスタンブール）におもむき、そこからシルクロードのオアシス都市を伝って東への旅をつづけ、ついにはモンゴル帝国の君主フビライ・ハーンに謁見し、こんどはその特命使節となって、逆に西への旅を重ねて十五年後に故郷に戻ったのでした。このニコロとマテオの再出発に同行したのが、マルコの旅のそもそもの始まりでした。

こうして誰かの旅を語る一冊の本には、その誰かに先行する人々の旅の痕跡も、必ず同時に刻まれています。働き蜂のようにうごめき花粉と蜜を求めて旅する人々の8の字ダンスがびっしりとつまっています。本はその場で動かずじっとしているように見えますが、じつはひとつひとつが巣箱として動きを閉じこめ、ブンブンとうなり、熱を発しているのです。ここモリソン書庫の多くの蔵書はどれもが強烈なポテンシャルをもち、かぐわしい香りを放ち、螢のような光をまたたかせています。ここには気になる本が無数にあります。それも原典で。

たとえば『ドチリーナ・キリシタン』を知っていますか。十六世紀末、イエズス会宣教師によるキリスト教の教えが、ローマ字表記の当時の日本語で印刷された、天草本と呼ばれる本の一冊です。ローマ字をたどってみると「ニッポンのイエズスのコンパニーアのスペリオールよりクリスタンに相当の理《ことわり》を互いの問答のごとく次第を明かしたもうドクトリーナ」と読めます。その後、日本はキリスト教を禁じ西欧が主導する世界化に対してみずからを閉ざすという政策を採用しましたが、もし歴史の歯車がひとつズレていたなら、日本だってカトリック国として、まるでブラジルの姉妹国のようなにぎやかな混血の国になっていたかもしれません。

おなじイエズス会がらみの蔵書でいえば、一七八〇年から八三年にかけてパリで出版された全二十六巻の『イエズス会士書簡集』には、東アジアでのカトリック布教に強い力を注いでいたイエズス会という知的集団が中国の法制や思想・哲学を学んだ成果や、たとえば長崎のようなアジアの都市をめぐる報告がまとめられています。興味深いのは、東洋文庫にあるこの二十六巻セットはあの有名な王妃マリー・アントワネットの蔵書だったということ！　フランス革命により彼女が国王ルイ十六世とともに処刑されたのは一七九三年ですから、当時は最新知識を記した新刊書だったこの豪華な装丁のセットが、はたしてその後どのような経路をたどってこの場所にたどりついたのか、興味を引かれます。

そう、本もまた、旅をするのです。この世のあらゆるものは永遠にそこにあるわけではありませんから、いまこうしてこの場所に集っている書物たちも、すべては一時滞在者だと考えたほうがいいのかもしれません。そしてそれをいうなら、私たちの全員が、この世界への、この地点への、この時代への、一時滞在者にすぎません。私たちはそのことを忘れないようにしましょう。

きょうのぼくのお気に入りは、スコットランド人ジョン・ダンダス・コクランの『ロシア・シベリア徒歩旅行記』です。一八二四年にロンドンで刊行されました。フランス、スペイン、ポルトガルを徒歩で横断して力をつけた彼は、世界一周徒歩旅行の計画を立て、まずは三年かけて徒歩のみでシベリアを横断し、カムチャツカにたどりつきました。この本はその旅の記録です。残念ながらそこから彼はイギリスに引き返しましたが、それがなんだというのでしょう。歩くと決めて、途方もない距離を歩き抜いた彼の力と勇気は、現在の私たちにもずしんと響くものがあります。

さあ、ここで、本の世界を歩きましょう。本とともに歩きましょう。私たちの土地を、そこからつながってゆく数々のアジアを、そして世界を発見し、再発見しましょう。すべてを学びましょう。東洋文庫というひとつの巨大な世界に、ようこそ。きょうはぜひ、この場所で、ゆっくり過ごしていってください。

小麦の道をたどって（シルクロード・タリム、東京）

笑わないでください。私はトマトが大好きです。その姿、かたち、色が大好きです。名前も好き。もちろん、味が好き。やわらかい酸味、かすかな甘み、やさしい歯ごたえ。生で食べるのも好きですが、料理に使われるのも好きです。トマトは私の恋人。チャンスがあるかぎり毎日食べますし、食べられないときにも食べたいと思っています。そしてトマトを使った料理で私がもっとも好きなのは、トマトソースのスパゲッティとラグメンなのです。

ラグメンを、ご存知ですか？　私のふるさとの味です。小麦粉と塩水と卵を混ぜ、力をこめてぐんぐん練る。強い力を加え、あるいは寝かせることで、グルテンができ、蛋白質のコイル状の構造が成長して、生地に粘り気が生まれ、こしができてきます。そんな力強い生地を何度もひっぱり、折り返しながら麺を作っていきます。そしてそれに、羊肉と大蒜《にんにく》とトマトとパプリカの、赤いソースをからめながら食べる。味の基本は塩胡椒。簡単な味付けです。でも、おいしい。おいしい。草原の太陽が体に入ってくるみたいで、わっと汗が出ます。すると青空を吹きわたる風がやってきて、肌をやさしく冷ましてくれます。元気が出ます。東京の片隅に、それは私のふるさととウイグルを、一瞬で引き寄せてくれます。あっさりした酸味は、夏にも冬にも、私を食欲のとりこにします！

私はウイグル人です。日本に来てから、そろそろ十年。十五歳のときに、姉を頼ってきました。姉は私より十二歳上で、地域医療の研究のために日本に留学していました。そして私にも、故国を外から見る目を身につけてほしいと両親を説得して、高校から日本で学ぶ機会を作ってくれました。姉と約束した私の課題は、第一に日本語を自由に読み書きできるようにすること。そして第二に、アジアを中心とする世界を広く知り、考えることでした。大学で社会学を学んだあと、いまはテレビ番組の制作会社で働いています。日本語と中国語と英語を使って、アジア各国の取材の手伝いをしています。残念ながら、ウイグル取材はまだ実現していませんし、ウイグル語を使う機会もありません。でもいつかはきっと。私たちの広大な国を、みなさんにもっと知ってほしいと思います。なんといっても、そこはシルクロードの核心。ユーラシア大陸の歴史に、大きな影響をおよぼした地域なのですから。

シルクロード「絹の道」とは、中国世界とインド、さらにはヨーロッパ世界をむすびつける東西交易路。物が動き、人が動き、歴史を作ってきた道、そのものです。ウイグルが位置するのはタリム盆地、そのほとんどがタクラマカン砂漠です。巨大な内陸の湖が干上がってできた、骨のように乾燥した土地です。交通が大変で、そのぶん、オアシスがのんびりとにぎわっていたことは想像がつきます。ここ新疆・ウイグル自治区は、中国という大きな国の国土の、ほとんど六分の一を占めています。でも中国政府にとっては辺境ですし、チベットと並んで、中央との激しい衝突が絶えない地域ではあります。

そんな現代を少し離れてみると、また別の歴史が見えてきます。私自身、半分しか信じていないのですが、私の曾祖父は日本に来たことがある、という話があります。一九三八年ごろのことです。ウイグル人とはトルコ系イスラム教徒の定住民をさすのですが、二十世紀のこの時期、タリム盆地の広大な土地には、いろいろな勢力がありました。対立する現地の勢力はソ連、中国、日本といった国々とむすびつき、小競り合いや激しい情報戦をくりひろげていました。その歴史の前線で、独立派だった祖父は一時期、仲間たちとともにインドに逃げこみ、やがてあるトラブルが原因でインドからの退去を命ぜられると、仕方なく一時期、日本に滞在。ついでモンゴル奥地で羊飼いとなり、事を起こす時期をうかがっていたのですけれど、どうしたことかいつしか仲間たちとは離れ、ただのウイグル人羊飼いとして生涯を終えたというのです。それは祖父が父に伝えた話。私は父が姉に話したその歴史を、日本に来てはじめて、姉から聞きました。

人々が生きた歴史には、どうしても曖昧な部分、噂話みたいにあてにならない部分が残るようです。でも、とらえどころのない心に対して体がたしかな実体をしめすように、情報の雲のような歴史に対して食べ物は疑いの余地のない存在感をしめしてくれます。十年前に日本にはじめて来たとき、私がもっとも驚き、またうれしかったこと、何だと思いますか。それは、うどんとの出会いです！　小麦から作られた中国風の麺は知っていますから、日本のラーメンには驚きませんでした。でもうどんには驚きました。どこかなつかしい、でも決定的な何かがちがう麺が、かすかに魚の香りのする不思議な汁に入れられる。あるいは、たとえば鶏の生卵と醤油で和えられて、私には思いもよらない味を教えてくれる。大陸で私が知っていたのとはまったく異なった、島の味。私は夢中になりました。

でも本当にお話したいのは、その次に起きたことなのです。姉のアパートに同居して、受験勉強に打ち込んでいたころ。病院の仕事で忙しい姉とは別々に、私は自分ひとりで食事を作ることが多かったのですが、愛用していたのは讃岐うどんの冷凍麺でした。その日、冷蔵庫にはトマトがありました。私はふと思いつき、トマトをさいころに切り、余っていた羊の茹で肉とたっぷりの大蒜と一緒に炒めてみました。それを麺にかけ、ごま油とコリアンダーの粉末を少しかけ、塩胡椒と赤唐辛子の粉で味を整えて、かき混ぜ、わくわくしながら口に運びました。ああ！　これはおいしい。小さなアイデアの成功。このとき私の中で、うどんとラグメンがひとつになり、ウイグルと日本がひとつになったのです。

不思議なことは何もありません。小麦粉と塩と水をベースとする麺は、その誕生の地がどこであろうと、イタリア半島からユーラシア大陸全域、そして日本列島まで、人々をひとつにむすんできました。蛋白質として肉と魚のどちらを使うか、塩味のために純粋な岩塩か、それとも魚醤や醤油を使うか、スパイスは何を組み合わせるか。地方ごとの変化があったとしても、すべては小麦の旅、つまり麺の旅の途上で起きたことでした。うどんとトマトの組み合わせも、別に私だけじゃなくて、あちこちのお店で試みられていることを知りました。そのことが、私にはうれしかった。簡単な材料の組み合わせによる料理は、あちこちで、何度でも再発明されるものなのでしょう。そしてそこに私は、人間の文化の根本的な平等さを感じるのです。

ひとつだけ最後につけ加えると、それでも不思議なのは、小麦の旅とは別のルートをたどった、トマトの旅です。トマトは、みなさんご存知のようにアメリカ大陸原産。コロンブスのアメリカ到達以前は、ヨーロッパにもアジアにも知られていない植物でした。それをいうなら唐辛子もそうですね。それがいまでは世界中で、さまざまな料理に欠かせない素材になっています。私はいつも台所にトマトを切らさないけれど、ときどき思うのは、トマトの存在しないパラレルワールドがあったらどうだったか、ということ。ラグメンもなくスパゲッティもない世界？　ああ、考えたくありません。もちろんトマトを使わないスパゲッティはいくらでもあるし、トマトがなければラグメンだってたぶん別の味付けになっていたでしょう。工夫はいつでも可能です。ただそのとき、世界はトマトが欠けた分だけ別の世界になり、ウイグルも少しだけ別の味わいのふるさとになっている。どうでしょうか。やっぱり私はトマトのある世界で生きたい。そしてトマトの赤を愛しつづけたいと思います。赤という色はウイグルの文化にとって、美しさ、勇敢さ、よろこび、若さ、そして生命を表す色でもあるんですよ。私は赤が大好き。毎日必ず、洋服やアクセサリーのどこかに、赤い色を身につけています。

川のように流れる祈りの声（東京ジャーミィ、東京）

突然ですが、そしてまちがっているかもしれませんが、祈りと空と青と水には、どこか似たところがあると思いませんか。私にはどうも、そんな気がしてなりません。

私自身は、何か決まった信仰をもっているわけではありません。どんな宗教にも無縁なまま、大きくなり、もうじき成人します。二十世紀末に生まれた日本人としては、まあ普通のことかもしれません。あ、でもそんな「日本人」という呼び方が意味するものも、ずいぶん変わってきたのかもしれませんね。母がときどき、そんなことをいいます。国籍だけの問題ではありません。スペイン語を学んでいた母には日本で暮らす南米の日系人のおともだちが何人もいますし、その中にはもちろん混血の人もたくさんいます。私の小学校時代の同級生には中国人、バングラデシュ人、ルーマニア人の子がいましたし、お母さんがフィリピン人の子、お父さんがナイジェリア人の子もいました。私たちはみんな、そんなことはあたりまえだと思っていましたが、母にいわせれば「日本の小学校もずいぶん変わったわね」ということでした。国籍が問題なのではなく、この日本の社会で一緒に暮らす人々の顔も、肌の色も、宗教も、生活の仕方も、母が子供だったころとはずいぶん変わったのでしょう。

中学から中高一貫の女子校に入った私は、小田急線で通学するようになりました。満員電車はいやだったけれど、学校は楽しいので、がまん、がまん。通いはじめてしばらくして、代々木上原のそばを通るたび、電車の窓から不思議な建物が見えるのに気づきました。物語に出てきそうな小さなドーム型の屋根と塔をもった、まるでそこだけに光があたっているような場所。おなじ方向から通学する上級生たちの話から、すぐにそこがイスラム教のモスクだということを知りました。へえ、そんなのあるの、東京に。ちょっと驚きましたが、特にそれ以上の興味をもつこともなく数年が過ぎてしまいました。

高校二年のとき、世界史の授業で「タタール人」という言葉を初めて聞きました。クラスのともだちに、この名前が妙に受けて、しばらくみんなぜんぜん意味もないのに「それ、タタールっぽい」とか「タタールしてるね」などと冗談をいって笑いころげていました。この話を母にすると、「おとうさんが好きだったのよね、タルタル・ステーキ」といいます。それどういうことと訊くと、生の肉を叩いて刻みたまねぎや卵の黄身と合えて食べるタルタル・ステーキのタルタルとはタタールのことで、それを中央アジアの人々の料理だと思ったヨーロッパ人が、そう呼ぶようになったのだと教えてくれました。タルタルという名前のタタール料理？　へえ。父は私が小三のときに亡くなったので、父が好きな料理なんて考えたこともありませんでした。ほんの一瞬ですけれど、ヨーロッパからアジア大陸の中央部から中国各地や朝鮮半島までが、一本の糸でつながったような気がしました。そして父の好きな料理を知らなかった私が、少しだけ悲しく思えました。

高校三年の春、よく晴れた四月のある日、私は理由もなくからっぽな気持ちになり、ふらりと代々木上原で途中下車してしまいました。桜が終わったころで、花びらのなくなった枝はむしろ勢いをまして、他の木々の緑もどんどん色濃くなっていきます。自分はこれからどうやって生きてゆくのかな、今年はいいけれど来年はどうしようといった、いかにも受験生らしい悩みがなかったわけではありません。けれどもそれよりも深い、漠然とした不安感、あてどのないさびしさが、がまんできないくらいに強くなっていたような気がします。何も求めずに電車を下りて、住宅地のゆるやかな坂を歩きはじめると、青空と光は美しく、風は気持ちよく、大通りに出ると車は何台も元気に走っていて、私は「機械ってすごい」とか、またあまり意味のないことを考えました。

すると目のまえに、いきなり、本当にいきなり、思いがけない大きさで、モスクが現れたのです。電車の窓からよくぼんやり眺めていた、あの美しい建物が。窓ガラスというのは一種のスクリーンのようなものかもしれません。窓から見ている風景は、じつは映像でしかなくて、私たちの心に本当には入ってこない。それがこうして外の風にふれながら自分で歩いてその場所にやってくると、突然に圧倒的な強さで「それがここにある」ことがわかるのです。

建物のまえに来ると、見学はご自由に、と書かれています。誰もいません。左手にきれいな階段が、人を誘うように作られています。そっと上がってみました。春の光が一面にあふれています。白いタイル張りのテラスはすてきな庭みたいで、ほんの一瞬で知らない国に来たような気がしました。建物の扉は開いていたので、私は靴を脱いで入ってみることにしました。
思わず「わあっ」と声をあげました。なんという美しさ。思いのほか大きな空間がひろがり、これなら百人を超える人が集うことができるでしょう。壁も天井も、あの独特なイスラム美術の紋様に彩られて、とてもきれい。ステンドグラスを通して明るい光が流れこんできます。控えめでいかにも洗練された色遣いの中で、私にはとくに青が美しく思えました。空の色、海の色、夜の色。いいえ、本当は何の色なのかわかりませんけれど、人を落ちついた気持ちにしてくれる青。天井はまるで宇宙のようにひろがり、あれは文字なのでしょうか、黄金の模様が力強く描かれていますけれども、そこでも燃える太陽の赤と並んでやさしい青が、しずかに働きかけてきます。他に誰もいないこの広い部屋で、私はしばらく立ちつくし、まぶたを蝶の羽のように開いたり閉じたりして、このところ味わったことのなかった心のしずけさに浸っていました
建物の外に出ると、思いがけず、ひとりのおじいさんが立っていました。この人も、いかに

もしずかなおじいさんで、年齢も考えも見当がつかず、何人なのかもわかりません。普通の日本人の顔ではないけれど、たしかにアジアが感じられ、でもどこかヨーロッパ風でもある。シルクロードの顔といえばいいのでしょうか。私は挨拶をしたほうがいいような気がして「こんにちは、きれいな建物ですね」と声をかけました。おじいさんは頷きました。そして、話を急ぎますけれど、このおじいさんからそのときその場で、この建物「東京ジャーミィ」の歴史を聞いたのです。この建物のはじまりは、なんと、私たちがあんなに笑い転げていた、タタール人に関係しているのでした。

「一九一七年にロシア革命が起きると、イスラム教徒であるタタール人は祖国に住みにくくなったんだよ。共産主義社会をめざす革命後の政府は、宗教をきらったからね。わたしたちは当時の国際都市ハルビンに移り、そこから朝鮮半島を経由して日本にやってきた。いい商売ができるぞ、と聞いてね。いや、わたしたちは遊牧民ではなく商人だったよ。ラシャ屋さ。大正時代の日本は、田舎の人々にもだんだん洋服が着られるようになった時代。どんな田舎にも、売り物の生地をもって行商に出かけた。東京、名古屋、神戸、熊本など、いくつかの都会を拠点にしてね。東京の仲間たちは、子供の教育を考えて、ここ代々木上原に「東京回教学校」を開校した。リーダーはアブドュハイ・クルバンガリー。わたしにとっては兄貴のような人だった。学校とともに印刷所も作った。おもしろい話があるんだ。一九二四年のトルコ革命のあと、ケマル・パシャをリーダーとするトルコではトルコ語をローマ字表記に変えることを決めてね。するとそれまで使っていたアラビア文字の活字がいらなくなるだろう。わたしたちはそれをイスタンブールから輸入し、この場所で『ヤポン・モフビレ（日本通報）』というタタール語の雑誌やコーランを印刷したんだよ……」

「わたしたちが印刷したって、おじいさんが印刷機を？」

「ああ、そうだ。雑誌の記事を書いたし、それから印刷、配本まですべてやった。いろいろな記事を書いたよ。満州国建国も、日中戦争のはじまりも。おまけに回教学校でアラビア語とトルコ語を教えていたからね。なかなか忙しかった……」

私はびっくりしました。ロシア革命が起きた一九一七年に二十歳だったと考えても、おじいさんは百十七歳？　とても信じられませんが、おじいさんの緑と灰色がまざったような目を見て、しずかな話し方、しずかだけれど力強いその声を聞いていると、なんだか歴史がそのまま肉体をもち、そこに立っているような気がして、私の不確かな心もそのかたわらにすっくと立つ一本の樹みたいに、しっかりしているものになったように思えるのでした。

風がふと止むようにおじいさんの話が止まったとき、建物から聞こえてくる声がしだいに高まってくるのに気づいて、私はまたはっとしました。声はどんどん高まり、力強く、何かを誓うように、何かを説得するように、促すように、励ますように、なめらかな歌のように流れてゆきます。それが祈りの声だということは、私にもすぐわかりました（のちにそれは正確には祈りを呼びかける声だと知りましたが）。アラビア語を知らない私には、言葉の内容はぜんぜん理解できません。それなのにそれが「祈り」に関わっているということがわかるだけで、そして声がゆったりと、真剣に、何かにむけられていることを感じるだけで、宗教を知らず神さまを信じてもいない私までもが、やわらかくときほぐされてゆくような気がします。

そしてそのとき、思ったのです。この声は空だ、川だ。祈りの場所は、それがどこであれ、ぽっかりと開けた、風通しのいい、光にあふれた場所だ。そこを流れる声は青空だ、海だ、みずうみだ。私たちを自由にしてくれる。のびやかな、生きる力を与えてくれる。そんなことを考えていると、いつのまにかおじいさんの姿はなく、人々が集う場所の気持ちのいい振動だけが、漠然とした悲しみを感じている高校生の私に伝わってきました。私は建物の外にひとり立ち、春の明るい光の中で、こだまする声のふるえに、それからもしばらく浸っていたのでした。

北投の病院で（北投、台湾）

初めて台湾にやってきました。超高層ビル・台北１０１から大都会を眺め、有名な圓山大飯店で一晩をすごしたあと、今日は北投の駅からご当地名物のバイク・タクシーの後部座席にこわごわとまたがり、まっすぐここ北投の病院にやってきました。その理由をお話したいと思います。

私は普通の日本人です。私の祖父は名古屋の下町の開業医で、台湾生まれでした。「湾生」と呼ばれる、台湾生まれの日本人でした。その父親、つまり私の曾祖父も医者で、一時期ここ台北衛戍病院に勤務していました。祖父は一九三〇年生まれ、日本の敗戦の年に十五歳。つまり祖父は少年時代をずっとここ北投で暮らした日本人であり、彼の思い出のすべては台湾の風物に彩られていました。医師としての祖父を、私はほとんど知りません。私がよく知っていたのは日曜画家としての祖父です。いつも蝶や、鳥や、あざやかな色の花を、油絵で描いていました。日本にはないものばかりです。私が特に好きなのは、おいしそうな果物の絵で、子供の私がたずねると、にっこり微笑んで、これは台湾の果物だよ、と答えるのでした。その祖父の暮らした土地を、昨年彼が亡くなった今、私は初めて訪れることになったのです。

温泉は、日本の文化では、療養と恢復にむすびついています。北投の温泉を開発したのが日本人だという話は聞いていましたが、その中心にあったのが陸軍だとは、うかつにも知りませんでした。曾祖父が勤めていたここは、まさに昔の日本陸軍の病院。日本による台湾占領から日露戦争、第二次世界大戦にいたるまで、とにかく戦争をくりかえしてきた近代日本の歴史は、この場所にもそのつど大きな影響をおよぼしてきたようです。戦場で負傷し、病気になる。怪我や病気が、兵士たちの報酬。前線を離れて温泉地に運ばれる。ここで苦しみつつ、よくなろうと努力する。でも多くの人が、そのまま死に、運良く恢復した人だけが、故郷に帰ることができたのでしょう。ただし、癒えることのない傷跡を、体にも心にも負って。

祖父の素朴な静物画にはやさしいアンリ・ルソーを思わせるところがあり、ごつごつした岩山を描く風景画にはちょっとセザンヌに似たところもありました。そんな絵を、日曜日の祖父が描くのを見て育った私が、美大に進学し絵描きになったのも当然だったのかもしれません。私が絵が好きになった原点は、自宅の離れにある祖父のアトリエだったのです。でも医者の祖父が一方であんなにも絵に打ち込んでいたのは、なぜなのでしょうか。「おじいちゃんは本当は美術学校に行きたかったらしいよ」と父が話していたことがあります。でも軍医の息子という、医者であるだけでなく官僚的な機構にどっぷりと浸かっていた立場では、なかなかそれも言いにくかったのかもしれません。

いまでは一部が精神病院として使われている、この元日本陸軍の病院を訪れて、私はびっくりする事実を知りました。北投にこの療養のための分院を建設させたのは、当時の「台湾守備軍医部長」で後に「軍医総監」という軍医としてはトップの地位にまでのぼりつめた、藤田嗣章という人だったそうです。それだけでは多くの人にとって、何の意味もないことでしょう。しかしこの人は、あの藤田嗣治、パリで画壇の寵児として活躍し最後にはフランス人として死んだレオナール・フジタの、父親だったのです！　フジタ自身は台湾で暮らしたことはなかったようですが、子供時代、台湾に勤務する父親からの土産話などはいつも耳にしていたにちがいありません。フジタは一八八六年生まれ。一九〇〇年生まれの私の曾祖父が、医師としてこの病院に赴任したころには、まだその父親・嗣章の名声も、画家になった変わり者の息子のことも、関係者のあいだでは噂話として、脈々と生きていたのではないでしょうか。

軍医の中の軍医のような嗣章は、息子の嗣治が必死の思いで「画家になりたい」という希望を父宛の手紙にしたためたとき、何もいわずに画材を買うためのお金を与えたといいます。ちょっとほほえましいエピソードですが、私はおなじような場面が私の曾祖父と祖父のあいだにもあったのだろうか、と考えてしまいました。たぶん日本の敗戦後、かれらが内地に引き上げてきたとき、祖父の将来についての議論があったのではないでしょうか。その内容はわかりません。でも祖父は職業として医師の道を選び、絵画は日曜日の趣味に留めた。結果は、藤田父子の場合とは、ちょうど反対になりました。

そして、商社勤務のサラリーマンだった父親を経て、私が一家の中で初めての画家になったわけです。思えば祖父とは、絵の話も、台湾の話も、あまりしたことがありませんでした。子供のころ、祖父のアトリエで絵を描きながら育った私なのに。祖父が好きな画家が誰だったのかも、ちゃんと聞いたことはありません。でも好きな音楽は知っています。ドビュッシーとラベル。それにフランス映画が大好きでした。そのフランスびいきの理由に、ひょっとしたら、祖父が子供のころ耳にしたにちがいない、フジタの人生の影があるのかもしれません。

　私ももう一度、フジタの作品を見直してみたいと思います。特に戦争の時期、どんな思いでどんな絵を描いていたのかに興味があります。といってみて、たった今、初めて気づきました。私の父の名前は正嗣というのです。この「嗣」の字って、藤田父子の名前、そのままですね！ああ、こんなことに気づかなかったなんて。今夜は父に電話して、北投の病院での発見を話してあげることにします。

北投、犬の記憶（北投、台湾）

ぼくは犬です。ずっと北投で生きてきました。市場で食べ物をあさり、広場で眠ります。大体このふたつの活動が、毎日の生活の基本です。落ちているものは何でも食べるし、好き嫌いがないので、おなかが空いて困ることは、ほとんどありません。魚の骨でも野菜屑でも料理の残りでも、何でもおいしく食べます。それでも何か物足りないときには、木陰でたむろしているおじさんたちのところに行きます。おじさんたちはぼくに興味のなさそうな顔をしながら、ときどき何かを投げてくれます。饅頭《マントウ》だったり、焼いたあひるの肉の切れ端だったり。おじさんたちはバイクタクシーの運転手で、ここでお客さんを待っているのです。おじさんたちは北投をずっと見てきました。何でも知っていますし、何でも覚えています。でもおじさんたちにも気がついていないことがあります。ぼくは犬です。両親も、祖父母も犬でした。しかし、ずっと犬だったわけではありません。何度か生まれ変わったその前のある生涯、ぼくは人間でした。そのころにも、ここ北投にいました。そのころのことを、ぼくはぼんやりと覚えています。

いまあなたが立っているこの場所。ここは偕行社の温泉施設でした。かつての日本陸軍の施設です。温泉町としての北投を作り上げたのは日本人でした。温泉に入ることは体をときほぐし、心をゆったりさせ、存在をきれいにしてくれる。温泉好きの日本人がしばしばお風呂から出て「生き返ったようだ」というのは、まさにそのとおりのことを意味しているのです。湯につかり、身を洗って、生まれたての赤ん坊に戻る。犬になったぼくは温泉に入ったことがありませんが、古びた浴槽にあふれる熱いお湯の感触は、なぜか覚えているような気がします。ある悲しい夜、恐ろしい夜、悲しいほど幸福な夜の記憶に、その感触がむすびついているからです。

カミカゼという言葉ほど恐ろしい言葉は、ぼくにはありません。太平洋戦争の末期、追いつめられた日本軍が考え出した攻撃法です。小さな飛行機に爆弾を積み、アメリカの艦船に体当たりの攻撃をする。空母の甲板に穴を開け、戦艦を大破させ沈没させることをめざす。もちろん、飛行機乗りが生きて帰ることはありません。初期の攻撃に使われたゼロ戦だって、急降下すると操縦性が不安定になり、目標に命中するのは、ほとんどまぐれでした。やがて飛行機が不足すると、まったくスピードの出ない練習用の複葉機までもが特攻に使われました。この攻撃法の悲惨なところは、軍の上層部の命令ではなく、あくまでも自発的に志願する行動だとされたことです。でも軍の空気、当時の戦況を考えると、はたして十代の若者がそれに反対できるものでしょうか。飛行機の操縦を覚えたばかりの未成年たちが、特攻隊として沖縄の前線に出撃する。飛ぶ、そして、死ぬ。ここ北投は、出撃前の兵士が最後の夜をすごした街でした。

沖縄への出撃前夜、ぼくと仲間たちは、陸軍がもつ佳山旅館という宿（現在の北投文物館）でのんびりとすごす権利を与えられました。ゆったり温泉につかり、体をきれいに洗い、戦時下とは思えないごちそうをいただきました。上官が、感情を押し殺した無表情で、杯にお酒をついでくれました。飲んだこともないお酒を、ぼくは飲みました。それから、掃除の行き届いたきれいな部屋に準備された布団で、横になりました。もう存在しない明日を考えました。戦争とは何といやなものかと考えはじめると、思わず叫び出しそうになりました。それでもじっとして、目をつぶり、台湾南部での子供時代からの楽しい思い出をひとつずつ、数えるように思い出しました。やがてふとふすまが開き、ひとりの日本人女性が入ってきました。彼女は何もいわずに帯をとき、おなじ布団に来て添い寝してくれました。いい匂いがしました。ぼくよりかなり年上にちがいない彼女が、抱きしめてくれました。涙がこぼれました。それから彼女はぼくの手を、彼女の乳房に誘ってくれました……。それはこの世でもっとも恐ろしい夜、明日断ち切られることがわかっているぼくの、最後の夜でした。生まれたときの自分が素裸だったこと、生まれる前の自分が母の体内で温かい水に浮かんでいたこと。そうした、記憶にない記憶のすべてが、短い自分の生涯の記憶とごちゃごちゃになって、目の前をぐるぐるとかけめぐりました。

日本語には「犬死」という言葉があります。野良犬のように無意味に命を奪われ、それが何の役にも立たないことをいいます。犬死を犬死ではないと言いくるめるのが国家で、国家が戦争に敗れたとき、犬死がやはり徹底的に犬死だったことが明らかになります。かつて人間だったぼくは、自分自身の犬死の瞬間を覚えていません。ただ、あのせつない最後の夜の思い出に引かれて、いつのまにか犬のぼくは、ここ北投に戻っていました。それから犬として、すでに数世代の転生をくりかえしてきました。戦争が終わったあとの台湾は動乱の時期。一九四九年に国民党が台湾を本拠地として以来、偕行社はそのまま白団《バイダン》の建物になりました。ひと癖もふた癖もありそうな日本人が、毎日出入りしました。

白団とは何か。中国共産党との対決にそなえて、旧日本軍の軍人たちを蔣介石が組織した、軍事顧問団です。七、八十人もの元参謀たちが、破格の待遇を受けながら北投で暮らし、毎日温泉につかり、麻雀やゴルフを楽しみ、のらりくらりと生きていました。かれらにどんな構想や作戦があったのかは、わかりません。そんな日々は一九六八年まで、二十年近くつづきました。ぼくは犬ですから、そんな不思議な日本人の集団を支えたお金の出所もわかりませんし、かれらがどんなアジアを夢見ていたのかもわかりません。ときどき、かれらのところにバイクタクシーに乗った若い女性が出入りすることもありました。そんなときにはぼくは彼女に近寄り、彼女が手をさしのべて匂いを嗅がせてくれるなら、有頂天になりました。たぶんその匂いに、ぼくは何かを思い出していたのでしょう。でもその思い出が何だったかすら、自分で言うことはできないのです。

ぼくは犬です。やがて北投で死んでゆくでしょう。ぼくを見かけたら、かつてここに滞在し、戦争で死んでいった若者たちのことを、少しだけ思い出してみてください。国家と国家のはざまで押し潰されていった、犬死した少年たちのことを。

ピレウス駅で（ピレウス、ギリシャ）

「わたしはよそ者（stranger）、そしてわたしはあなたよりも奇妙（stranger than you are）。わたしたちはよそ者（strangers）、そしてわたしたちはあなたよりも奇妙（stranger than you are）」とわたしはアテネの街路でぶつぶつとつぶやきつづけていました。それから都市レール交通線に乗って、この港町までやってきた。二十分しかかからなかった。快適な乗車で、陽射しが線路沿いの建物で影を踊らせていた。わたしの目はいつもそんな動くパターンに引きつけられます。わたしの父は昔よく、秘密はただ動く影の中だけで生き延びることができるといっていました。六歳のわたしにはその意味がわかりませんでした。それから十五年が経ちましたが、いまでも彼が何をいおうとしていたのかはわかりません。

わたしの名前はシマ。日本人です。二十一歳の女性です。シマとは日本語で「島」を意味する単語です。これは日本人の名前としても妙な名前です。父はあちこちの島が大好きだったので、わたしにその名前をつけずにはいられなかったようです。確かに、これは奇妙な論理の転倒です。

「でもあなたはいつもわたしより奇妙（stranger than I am.）。あなたはいつもわたしたちより奇妙（stranger than we are.）。けれども彼女はいつだってあなたたちよりも奇妙（stranger than you are.）。そしてかれらはいつだってわたしたち全員を合わせたよりも奇妙（stranger than all of us combined.）。でも、ほんとうにそうかしら？」わたしはこんなふうに独り言をいいながらピレウス中央駅へと降りていくのでした。まるで不思議な地獄へと降りてゆくかのように。けれどもわたしの心には霧がかかっていて、わたしの論理は混乱しています。いまあなたに2の4乗はなんですかと聞かれたら、わたしには答えられないかもしれません。さっきからstrangeとstrangerという言葉で遊んでいるだけだと思われるかもしれませんが、わたしの考えではstrangeというのは時としてもっとも残酷な形容詞だと思います。

それでは、わたしがここにいることの何がそんなに strange なのでしょうか。あるいはあなたが、この忘れられた記憶だらけの港町にいることの何がそんなに strange なのでしょうか。アテネからの短い旅は、竜の背中に乗っているようなものです。かつてはアテネとピレウスのあいだに、宇宙からも見えるほどの長い壁があったということを――中国の万里の長城に似ていなくもない――わたしは聞きました。これら二つの都市は、頭がふたつあり胴体がひとつのものだと考えられていたそうです。それは歴史の波に乗ってゆく、力強い双頭のドラゴン。

駅でわたしはある老人と知り合いましたが、彼の名前はトゥキディデスといいました。あなたのすぐうしろの壁際にすわり、あなたの頭を背後から見つめているのが彼です。「わが地元にようこそ」と彼はいう。「前にも来たことがありますか」いいえ、ありません、でもわたしは黙っている。知らない老人をそんなに簡単に信用することはありません。すると彼がつづけます。「ここは知られているすべての世界からの物産が集まる港なのだ」と。彼は年老いた黄色い犬を連れています。あまり愛想がよくなく、やや臆病な感じがする犬です。寝そべったまま、それでも尻尾をゆっくり振っています。わたしはしゃがんで犬の頭を撫でました。老人は

「港を見ておいで」といいました。「ええ、行きます」とわたしは答えました。でもわたしはまずこの駅を見る必要があるのです。

わたしは train が、乗り物としても単語としても好きです。英語を覚えはじめたころ、わたしを強く引きつけた言葉でした。あたりまえの輸送機関としてのトレイン以外にも、「ろばの隊列」や「考えの流れ」、あるいは「ウェディングドレスの長いすそ」といった意味にも使います。わたしはよくいろいろなことをごっちゃにする癖があるので、こうしたすべてがひとつの混成的な列車を作ってしまうこともあります。アテネから、また列車が到着しました。白無垢のドレスを着た哲学的な花嫁が最初のろばに乗り、そのあとを1ダースものろばたちが一列になって、不承不承ついていく姿が見えます。かれらはピレウス駅で近視のわたしの目のまえに到着し、それぞれのろばは背中にひとりひとりの乗客を載せている。男も女も、おとなもこどももいます。肌の色も服装もちがって、あるいは宗教も時代も異なっているのかもしれません。わたしは自分の目が信じられませんでした。

「いったいこの人たちは誰なの?」とわたしは老人トゥキディデスに尋ねました。さいわい、彼は英語がわかりましたが、その訛りはどこの大陸、どの大洋の英語とも決められないものでした。「ああ、みんなギリシャ人だよ」と彼はいいます。「そんなはずないでしょ」とわたしはいいましたが「そんなはずあるよ」と彼は答えました。「誰だってギリシャ人になれるのだ。地理も時代も関係ないね。ギリシャとは二つの大陸と五つの海のあいだにある国なんだよ。そして自由人が勝手にあちこちに行くのをさまたげることはできないからな」「それはそうかも」とわたしはいいました。「それでかれらはどんどんやってくるというわけ？　陸路でも海路でも？」「そういうことだよ」と彼はいいました。

わたしはあたりを見渡し、この人たちに質問をしたいと思いましたが、そうする勇気もありませんでした。人々はいつも歴史に翻弄されています。そしていわゆる歴史とはいつも支配する側が作るもので、それは皇帝だったり王さまだったり、政党だったり企業だったりします。どんなときにも、あなたは無関係。どんなときでも、招かれ中に入れられることもある。そうして国や民族が作られるわけです。国家が新しい領土を夢見るたびに、新しい人々が招き入れられます。国家がその羽をふるわすたびに、人々が追い出される。そしてここ、このぴかぴかの駅には、到着する人々、出発する人々の絶えまのない交通がある。

「港まで歩いていこう」と、トゥキディデスがいって、彼の犬アルテミスが立ち上がりました。わたしたちは歩道橋にむかって歩きはじめました。老人が右足をひきずっているのに気がつきました。「あんたはなんでここに来たんだ？　何を求めているんだ？」と彼が訊きます。これは簡単に答えられる質問ではありません。わたしの父は歴史家でした。彼は私立の高校で世界史を教えていました。専門分野は古代中国でしたが、だいたいどんなことにも興味をもっていました。そして父はギリシャについては特にあれこれ学び、想像していたようです。それは中国と並んで、世界の大文明のもうひとつの源泉でしたから。わたしの母はヴェトナム人でした。子供のころ、彼女は難民を満載したボートで国を離れてきました。両親はシンガポールで出会い、わたしはその島都市で生まれたというわけです。数年後、一家は東京へと引っ越しました。

母はわたしが十二歳のとき、心臓麻痺で突然亡くなりました。それからはずっと父と二人暮らしでした。かわいそうな父は、昨年、交通事故で亡くなりました。父がわたしに説明してくれた最後のことのひとつは、港の重要性でした。文明とはネットワークのことであり、港こそネットワークの心臓であり大動脈です。これはアジアでもヨーロッパでもおなじように真実です。

父は瀬戸内地方出身で、ここは何百という大小の島々が散在する日本の内海です。ある日、父はギリシャに行って島々を見たいものだなといっていました。それが人生の夢だ、とも。それでわたしはここに来たのです。わたしたちが「世界」と呼んでいる場所で、人々がどのように動くのかを自分の目で見たかったのです。「ただね、見てみたかった」とわたしはトゥキディデスにむかっていいました。彼は何もいいません。アルテミスが、彼のそばによりそうように歩いています。

わたしたちは橋のまんなかで立ち止まりました。トゥキディデスは呼吸を整える必要がありました。ここからは、わたしたちは港を見渡すことができます。港はとても広くて、巨大な船がたくさん停泊しています。今日のピレウスの港は巨大ですが、想像力をちゃんと使えばずっと小さな、二千年まえの美しい港を心に思い描くことができるはずです。わたしは歴史をわざと二重写しにしてみることにしました。するとこのあたり一帯が、世界中のさまざまな時代からここにやってきた人々がひしめきあう場所に見えてきます。アフリカから連れてこられたライオンが、おとなしくすわっているのも見えます。

たぶん、かすかな不安と悲しさの色をおびたわたしの心の高揚を感じて、トゥキディデスがやさしい声で、こんな詩を朗読しはじめました。

My head adorned with a garland of marigold
Curls and waves gold in the May wind
My white robe also waves as I look
At the funeral procession of Themistocles
Is it the sea where little birds sing?
Is it the shadow of fruit?
Is it the explosion of a necklace?*

「誰の詩なの？」とわたしは彼に尋ねました。「それは日本の詩人の作品だ、ニシワキ・ジュンザブロウという。知らないか？」「知らない」「知らなくてもかまわないさ」と彼はいいました。こうしてわたしたちは時に、そしてふたつの場所《トポイ》のあいだに宙吊りになり、そのまま数多くの未知の人々との出会いを予期している、ということになったのです。知らない人（stranger）とその犬とともに、すべてが流れるこの未知の、知ることができない港湾都市に立っていることだけで、大変に奇妙な気分になる（feel very strange）にちがいないと、あなたは思うかもしれませんね。わたしたちひとりひとり、それぞれの個人的な沈黙のうちに、ぽつんと歩道橋に立っていました——トゥキディデス、アルテミス。そしてわたし。港に何が待っているのかはまだわかりません。でもいまのいまだけは、港からの微風がじゅうぶんにやさしいのが感じられます。その風は、花の匂いがするのです。

＊　引用した詩は西脇順三郎「五月」、一九三三年出版の詩集『Ambarvalia』所収。拙訳。

港のかもめ（リガ、ラトヴィア）

私はかもめ。リガの港に住んでいます。バルト海に面したこの美しい港に、代々住んできました。代々だなんて、おおげさだと思われるかしら。でも港にはいつも人間がいて、人間はいつも食べ物をもっていて、私たちにとってはそれを奪うのは簡単なことです。生活のために便利な場所だから、いついてしまうのです。よく見ていれば、人間にはいくらでも隙があります。ほら、たったいまも仲間が空から急降下して、人間が食べようとしているニシンをかっぱらうことに成功しました。ごちそうさま、ありがとう！

こうして港を生活の中心として暮らすようになった私たちは、すでに何百年も、ここで生きてきました。かもめの寿命を知っていますか。外敵に襲われないかぎり、あるいは異常にきびしい気候に見舞われないかぎり、私たちは二十年ほど生きます。人間たちとおなじように、老いた者が若い者に物語を伝えるようにして、リガの港で起きたことを私たちは語り継いできました。情報が多すぎる人間世界よりも、本質的なことだけを語り伝えるかもめ世界のほうが、場所の歴史をよく伝えているかもしれないでしょう。

リガはいうまでもなく、もともとバルト海のドイツ人が十三世紀に作った港町。リガ湾のいちばん奥まったところ、ダウガヴァ川の河口近くにあって、海が荒れる季節にもよく守られています。十七世紀からはスウェーデンに支配され、一時はストックホルムよりも大きな街だったんですよ。それからこの港はロシア人に奪われ、十九世紀には世界最大の木材輸出港、そしてロシアの都市としてもモスクワとサンクトペテルブルクにつぐ第三の都市としての繁栄を楽しんでいました。一九一八年、ラトヴィアがついに独立国になったあと、リガはいっそう独自の雰囲気を育ててきました。カフェあり、サロンあり、ダンス・クラブあり。そして知的な空気にみちた都市は、私たちかもめから見ていてもうらやましくなる、美しさとはなやぎにみたされた日々を迎えました。

ざっと百年前の話ですから、その日々は私にとって、はたして何世代まえのご先祖の時代だったことやら。でもね、言い伝えられる物語は不思議です。物語というかたちをとると、もうそこには昨日と十年前と百年前の区別はないのです。ずっと昔のできごと、人間たちの世界では新聞にも載らなかったようなできごとが、かもめにとっては忘れられない事件になることだってあります。たとえば、こんなエピソード。もう誰も覚えていないはずです。

ある人間の一家がいました。リガの港は貨物港と旅客港に分かれていて、いつも忙しい貨物港に対して旅客港のほうは船の出入りのときに人の動きが集中し、それ以外のときはのんびりしています。特に美しいのは夏の長い夕方で、地元の家族連れが散策し、小さな子供たちや犬がうれしそうにかけまわるのは、私たちが空から眺めていても楽しい気持ちにさせられる情景です。そんな中に、ある日、私たちが見たこともない服装をした小柄な女性がいて、びっくりしたことがあります。他の人々の服装とはまったくちがい、首から下を足首まで、一枚の布を巻いたようにして被っています。その布は絹でしょうか、非常に美しく、若草のようなやさしい緑色で、人目を引くというよりもその場にそっと溶け込むことで人々の目をなぐさめるような趣です。顔立ちも、肌の色も、東洋人というのでしょうか、この地方で見かける人間たちとはちがっていて、祖先のかもめたちは好奇心にかられ、空を舞っていたといいます。

子供をふたり連れていました。少し大きなほうは女の子。小さなほうは男の子。子供たちはふつうのラトヴィアの子たちと変わらない服装をしているのですが、風変りな遊びをしていました。女の子が手にしているのは、セルロイド製の花に棒をつけたようなもので、それが風を受けると、くるくると回るのです。赤、青、黄色の、花びらのようなものが、うまく回ると色が次々に交替し、ついには溶け合うようで、かもめの仲間たちはその美しさにワーワーと鳴き声を立ててよろこびました。

男の子のほうは、さらに人目を引く遊びをしていました。紙を四角く切って竹の枠に貼り、細長い紙をまるで脚のように二本つけたものに糸をつけます。その子の父親でしょうか、やはり東洋人の、小柄でがっしりした体格の男が男の子にその紙をもたせ、声をかけるとともに手を放させます。そして自分は軽く走り出すのですが、どういう仕掛けか、四角い紙がそのままするすると空に上り、私たちが飛ぶすぐそばまでやってくるのです。なんというおもしろさ！

人間ならパチパチと手を叩くところでしょうが、私たちは翼をばたばたさせ、驚きと賞賛の気持ちを表したのです。

「ああ、日本人の一家だ。リガに住んでいるのだよ」と仲間の誰かがささやきました。かもめは港で聞きつける噂から、いろいろなことを知っています。一羽のかもめの知識は限られていても、ラトヴィアだけでも何百、何千羽といる私たちですから、情報収集の力はばかになりません。今日のように実物を目にする機会があれば、たちまち「日本人とはどういう人たちか」を覚えてしまいます。あの女性の独特な服装、元気なふたりの子供の風変りな遊び、近くにいる人々にドイツ語でもロシア語でも気さくに話しかけている小柄な男性の姿が、私たちにとっての「日本人」となりました。

そのうち、いっそうおもしろい事件がありました。母親から何か食べ物をもらって齧りついていた男の子が油断したすきに、急降下した仲間の一羽が、それをさらってしまったのです。男の子はきょとんとし、やがて火がついたように泣き出しました。大人たちは笑い、母親が男の子を抱き上げてあやしましたが、男の子は悔しそうに泣きつづけます。周囲の人間たちも笑い、誰もそれを本当に不幸なことだとは思っていないようでした。食べ物を奪ったかもめは少し離れたところで着陸し、それを食べようとするのですが、こんな奇妙なものは食べたことがありません。白い粒粒が黒い紙のようなものに包まれているのですが、粒粒はねばねばして食べにくく、あまり味もしません。黒い紙は逆に海の匂いがするのですが、これも口にくっついていやな感じです。その後、私たちが調べたところでは、白い粒は米、黒い紙は海苔で、それは日本人が好んで食べるオムスビという料理なのでした。

みんなの大笑いのうちに、幸福な夏の夕方は過ぎていきました。かもめたちが学んだのは、オムスビはかもめにとってはあまりおいしくないから、日本人の食べ物には手を出さないようにしよう、ということでした。でも母親のキモノのしずかな美しさと、何人でも変わらない子供たちのすなおな元気さは、それからもみんなの記憶に残りました。この日本人一家のゆったりとした散策を港で見かけることはやがてなくなり、かれらはラトヴィアを去ったのだと思われました。

それから長い年月が経ちました。人間の世界では大きな戦争が起きたり、終わったり、いろいろな激動があったようです。バルト海の港のあいだにもさまざまな人々が移動し、歴史を積み重ねてきました。なかでもリガとストックホルムをむすぶ路線は重要。私たちかもめは、ときには船について長い距離を旅しますし、人間世界で起きていることには興味津々なので、たくさんのことを知っています。

結論をいいましょう。歴代のかもめたちの調査によると、むかしリガの港にいた日本人一家の、あのキモノ姿の母親が、「小野寺百合子」という名だということがわかったのです。彼女はその後、どういうわけかストックホルムに長く住みました。英語とドイツ語に加えて、スウェーデン語もよく読めるようになりました。そして驚いたことに、北欧だけでなく世界中の人々がよく知っているムーミントロールの物語を、戦争が終わって平和な生活を取り戻した彼女は、日本語に翻訳することになったのです！

かもめたちも、ムーミンたちのことはよく知っていますよ。『ムーミンパパの思い出』から、こんな言葉を見ておきましょうか。「世の中で、なにかよいこと、あるいは、ほんとうによいと思われることをしとげた人は、みんなだれでも、じぶんの一生について、書きつづらなけれ

ばならないのです。それはその人たちが、真理を愛し、かつ、善良であるばあいのことですが」（小野寺百合子訳）

忘れてはならない青春時代の冒険を、ムーミンパパはそんな風にいって、書きつづりました。リガの港で何十年も前に見かけた日本人一家がどんな冒険を生きていたのか、その細かいことまでは、かもめは知りません。けれども百合子が、後にそのころの歴史を書き記し、『バルト海のほとりにて』という本にしたことは知っています。彼女はムーミン物語を訳しながら、どんな気持ちで、自分たちの生活を思い出し、「ほんとうによいこと」を考えていたのでしょうか。

かもめたちは人間の歴史にはあまり興味がないのですが、人間のよろこびや悲しみの記憶には敏感です。海辺でかれらを見て、かれらの表情を語りつぎます。機会があれば、ぜひ日本人に伝えてあげてください。むかしリガに住んだ小野寺百合子のことは、港のかもめたちもよく覚えているんですよ、って。

アブダビのバスターミナルで（アブダビ、アラブ首長国連邦）

ほら、あそこ！　ミントのアイスクリームみたいな色をした大きな建物があるでしょう？　そう、あれがバスターミナル。アブダビでわたしがいちばん好きな場所です。笑わないでください ね。この建物には特別な愛着があるんです。それには理由があって。いまは日曜日の午後で、わたしはまたここにいる。ここに来ている。この現代的で清潔な、人通りの激しい建物に、まるで避難するみたいにして。この場所はわたしになぐさめと、やすらぎと、将来に対する希望をくれる。その理由をお話しします。

わたしはアリシア。この砂漠の国にわたしが来て、もうじき六ヶ月になります。働くために来ました。アブダビのあるホテルでハウスキーピングの仕事をしています。アブダビでは多くのものがそうなのですが、このホテルも真新しく、贅沢で、輝いています。わたしは客室の掃除をし、ベッドを整えます。もともと整理整頓は好きなんです。でもアブダビの生活は、故郷での生活とは大変にちがっています。わたしはフィリピンから来ました。ルソン島北部出身です。ルソン島というのは首都のマニラがある島ですよ。フィリピンは、ご存知のとおり七千以上の島々と、美しくきらめく熱帯の海をもつ国です。濃密な緑がいたるところをみたしています。このバスターミナルのアトリウムにすわっては、わたしはふるさとの漁村を思い出しています。

はじめ、アブダビはすごく奇妙に見えました！　すべてが映画のセットのように見えました。誰にも想像すらつかないような巨大なモスクがあり、あらゆるかたちをした、できたての奇妙な外見のビルがあるのです。エティハド・タワーズの高さ３００メートルの展望台から海を見ると、まるで夢、あるいは悪夢でしょうか、の世界に迷い込んだかのような気がします。この夢のような気分は街路でもつづきます。夏には摂氏五十度に近づく熱い空気の塊の中、路上を歩いているとくらくらしてきて、大きなショッピングモールに入ってその人工的に冷やされた空気のおかげで文字通り命が救われたという気になります。

この人工的な感じが、アブダビをわたしのふるさとの村とはとても異なったものにしています。わたしのふるさとは小さな漁村で、ということは人々は自分で畑も作らなくてはならないわけですから、小さな農村でもあります。ふるさとの島は生命力にあふれています。わたしたちは野菜を作り、水牛を働かせて水田を作り、豚もあひるも鶏も飼っています。東南アジアの田舎で育った少女には、アブダビは奇跡だとしか思えません。どちらを見てもすごい高層ビル、どこに行っても建設工事中、そして信じられないほどの人口密度です。でもこの都市の歴史は、やっと半世紀になるかならないか。

はじめ、わたしは来るのが怖かったんです。アブダビが砂漠の国だと聞いていたからです。まったく緑のない不毛の土地を想像していました。砂と、きびしい砂嵐しかないのではないかと。ところがここがじつは島で、この都市が海のそばだということを知ったときには、どれほどほっとしたことでしょう！　広いマングローブの林もあって、それを見るとフィリピンの海岸線を思い出します。海と太陽、水と土、濃淡さまざまな緑。こうしたものが結局は生命のもっとも確実な徴なのですから。

わたしは去年高校を卒業してマニラに行き、日本料理店のウェイトレスになりました。マニラはふるさとの村から見るととんでもない巨大都市でしたが、もともと楽観的な性格なので都会の生活に慣れるのには特に心配もありませんでした。すると半年ほどたったある日、ウェイトレス仲間だったエスペランサが突然こういったのです。「アブダビに行こうよ！」彼女によればそこはすごく国際的な都市で、すごくお金持ちだということでした。「マニラよりずっと給料がいいよ。そうすれば家族への仕送りをふやせるし」彼女はお父さんが病気で、片手では数えられない数の弟妹がいるのです。

でもひとりで行くのは怖い。それでわたしに一緒に行かないかと声をかけてくれ、わたしはその話に乗ることにしました。わたしたちは姉妹のようなものでしたから。ところが先月になって、彼女は突然家からの連絡があり、お父さんが危篤だといわれました。エスペランサは家に帰り、そのままだこっちに戻っていません。それでわたしは親友と別れたまま、この都会にひとりぼっちでいるのです。

　わたしはカトリック信者です。毎週教会に行くことは子供のころからの習慣でした。祈って、しずかな気持ちになるのが好きなんです。神さまはわたしの願いをかなえてくれるかもしれないしかなえてくれないかもしれない、でもわたしが話したいことをなんでも聞いてくれるし、大切なのはそれです。アブダビには聖ジョゼフ・カテドラルがあります。ここに来てから毎週日曜日のミサに出ています。ミサに出るようになって最初に気づいたのは、この都市が想像を超えた多言語の都市だということでした！　表面的にはここはアラビア語の都市で、英語が仲介役として役に立つというところでしょう。しかし現実に、ほんとうにたくさんの言語がこの都市の空間を、それぞれの特徴的な音でみたしているのです。

　キリスト教会では礼拝が次の言語で、それぞれ異なった時間に行われます。カトリックのミサがアラビア語、フィリピノ語、マレー語、タミル語、コンカニ語、マランカラ語、ウルドゥー語、シンハラ語、フランス語、ドイツ語、スペイン語、イタリア語、韓国語、ポーランド語、ウクライナ語で！　カテドラル前の広場には、つねにきちんと服装を整えた人々が集まり、これらの言語でおしゃべりをしています。私はいつも日曜の夜にあるフィリピノ語のミサに行きます。このミサのおかげで毎週、新しい気持ちでやっていけるのです。

そしてもうひとつ、わたしにとって欠かせない場所がバス・ターミナル。日曜の午後にはわたしはよくここに来て、教会のミサに行くまえの時間をすごします。もちろん、なんとなくさびしくて活気のある雰囲気が恋しいときには、ショッピング・モールもいいのですが、自分が買えもしない商品ばかりを見ているとすぐに飽きてしまいます。ショッピング・モールでは、人々はみんなぼんやりしています。バス・ターミナルでは、ある場所から別の場所へと移動中の人たちは、みんなすごく真剣で集中しているように見えます。かれらは、こういう言い方でわかってもらえるなら、「ほんもの」に見える。教会の場合とおなじように、さまざまな背景の人々が、いろいろな言葉を話し、行き交ってはそれぞれの目的地をめざします。この国で現在暮らしている人々の、もっとも気取らないほんものの顔を見ることができるのは、ここバス・ターミナルだと思います。

わたしはかれらにむかってささやきます。あなたはどこから来たの？　どこに行くの？　このターミナルから出発するバスの多くは、アブダビとアラブ首長国連邦の他の都市とをむすびつける長距離バスです。もちろん、近距離のバスやミニバス・タクシーにも乗れます。人々はここから血液のように出ていって、やがて帰ってくる。このターミナルは都市の心臓そのもの。わたしはここで人々がやってきては去っていくのをじっと見ているのが好きなんです。そうすれば自分のさびしさを忘れることができるから。だから待合室にすわり、ときにはお茶を飲んだりポケット本を読んだりもしながら、自分もそんなふうにバスを待っている乗客のひとりだという顔をしようとします。ほんとなんですよ。よく、こんなふうにすわって二時間とか三時間すごすことがあります。

　ところがね、きょうはこれから新しい経験をするんです。おなじ職場の子とともだちになったんです。彼女はタミル語を話すインド人の女の子で、名前をヴァーニといいます。わたしたちは同い年、二十歳です。一緒に海岸に行き、それからインド料理店で晩ごはんにしようという約束になっています。エスペランサ以外の子とでかけるのは初めてなので、とても楽しみ。三時の約束なのですが、いまはまだ一時！　それで時間をつぶすために詩を書いています。詩を書くのは好きで、小学生のころから書いています。詩を書くのは「時間を殺す」のには最高ですね、というか時間を「生かす」には。それでわたしの話のしめくくりとして、いま書き上げたばかりの詩を聞いてください。アブダビについての詩です。楽しい詩だな、と思ってもらえるならうれしいです。

アブダビのバスターミナルで
すべての言葉はひとつになる。
マルハナバチのように
耳の中でぶんぶんいいながら。

あらゆる方向から来た人々が
あらゆる方向に散っていく。
世界島で自然に生まれる

集団の踊り。

乗り換え中の記憶が
空中で花ひらく
作りごとではありえない
あらゆる色とかたちで。

ノスタルジアを研究するのはやめよう。
人生はいつだって
新しくはじめられる。

アブダビのバスターミナルで
夢はミント・グリーンの色をして

アイスクリームの女王のように冷たい。
だから三時に会いましょう、ヴァーニ、
わたしたちの考えは海岸のマングローヴ林のように育つ。
からみあい、不滅で、太陽と調和しながら。

パラドクスの川（ヘルダーリンの小径、ドイツ）

広大な野原をずっとひとりで歩いてきた。日本語では「脚が棒になる」というが、脚の感覚がなくなるくらい疲れはてていた。自分の行方を知らない、魂のないピノキオとして遠くから歩いてきた。でも気力は充実している。何もない平原で、しずかだ。ときおり鳥のさえずりが聞こえ、遠くに小さく見える農夫が牛や馬にかける声が聞える以外には、何の物音もしない。ところが歩いてゆくうちに、しだいに地面が震えるような音が湧き起こってきた。川が近いのか。ぼくは歩みを速め、まばらな木々に縁取られた川岸へとむかった。

音はいまや耳をつんざくほどだ。ナイアガラやイグアスの滝でもないのに、ゆらぎのある轟音が空へと立ち上ってゆく。いい川だ。もっと広い川はいくらでも見たことがあるが、ここをとうとうと流れる水量は、ちょっとすごい。そこに橋がかかっている。土手からなだらかなスロープで上がってゆくことができる。ぼくは空気をみたす力を全身で感じながら、橋の上に立ち、その中央まで進んだ。

思わず声をあげた。川というものはもともとひとつの流れではない、それはわかっている。さまざまな速度のいくつもの流れが束ねられ、渦巻き、淀み、ひとつになってどこかをめざしてゆくのが川。その行方がどこなのかが、たとえはっきりしなくても。ぼく自身の存在がどんなに不確かで、まるで無に近いものに思えていても、川のそばにやってくると体が全面的に反応する。"The opposite of nothingness / is direction" (Rae Armantrout). ところがこの川は異常な流れ方をしているのだ。半分はむこうへと流れてゆく。遠くに森や町の気配が感じられる方角をめざして。そして半分はこちらに流れてくる。ぼくの足下を流れすぎれば、あとはぽっかりと開けて何もない平原だけ。ぼくは相反する二つの流れの境界線上に立ちつくし、ひとりで音のしぶきを浴びつづけている。

恐怖を感じながら。何を恐れているのかというと、川を泳ぐ動物たちだ。いったいあれはなんだろう。見たことがない。水中を泳ぐいるかや鯨を魚の一種と考えたむかしの人々でも、まさかこの動物たちを見て魚に似ているとは考えないだろう。いろいろな色をして、大きさもさまざま。緑色がかった水中を高速で進むのを上から見ているだけなので、その正体ははっきりしない。大きさからいって、水牛や河馬の仲間かもしれないとは思うが、よくわからない。むしろ箱のようにも見える。速度はまちまちだが、いずれも共通しているのは泳いでゆく方向で、流れに乗ったかたちでぐんぐん進んでいるのだ。群れではない。あくまでも個体ごとに、絶対にぶつからないかたちで進んでいる。距離の取り方が絶妙なのだろう。ある種のオーケストラのように統一のある動きで泳ぎ、下ってゆく。ぼくが立っているこの地点の、右側はむこうへ。左側はこっちへ。おびただしい数の未知の動物がそれぞれに大きな音を立てて泳いでいる。まるで滝を思わせる川の轟音は、じつは大部分、この動物たちがなんらかの摩擦や体の動きによって出す運動音の集積らしい。

並行して反対方向に流れる二つの川を見ているうちに、ふと「パラドクスの川」というフレーズが口をついて出た。パラドクスという単語が適切かどうかはわからない。ドクサ、つまり通念に逆らうという意味でもあるし、正反対の二つの流れがくっついているという逆さの接続状態からの連想でもある。その連想は、プラトンが語ったような、背中合わせにくっついた原初の人間の姿をも呼び出すだろう。もともと背中合わせにくっついていた自分の半身を求めて、人は地表をさまようのだ。正確な意味かどうかはともかく、ぼくは「パラドクスの川」という名が気に入って、水中を泳いでゆく動物たちを飽きることなく見ていた。

突然、雲がやってきた。黒々とした、濡れた雲だ。激しく動いている。黒々としているのはそれだけ密集した水滴でできているからで、空から見れば真白、地上から見れば暗い灰色に見えるということだろう。雲の動きは、それもまるで巨大な生物のようで、中国の伝説的な「龍」ならこんな動きをするかもしれないと思える。遠雷が聞える。そのごろごろという音が近づいてきたなと思ったら、突然、閃光が垂直に走り、耳を聾する大音響が響き、ぼくはびっくりして金縛りにあったように動けなくなった。

なぜか川の相互に逆行する流れのちょうど境界線あたりに、まっすぐな稲妻が落ちたのだ。そこに金属的なものがあったのかどうかはわからないけれど、まわりに守ってくれる何もないこの橋の上にひとりで立っている自分が稲妻の標的になったらと思うと、ぞっとした。それから雨が降り出すのかと待ちかまえていたが、雲はたちまちのうちに遠ざかっていく。雲の真下ではたぶんどしゃ降りになっているのがわかる。でも雲が通り過ぎたあとは、すでに太陽が戻り、そのやさしい光の舌はやがて川面に届いて、ほとばしる水をきらめかせた。

そのとき、ぼくが来たのとは反対側の岸のスロープから橋に上がってきた人がいた。若い女性で、ぼくとおなじくバックパックを背負い、徒歩旅行者の格好をしている。「こんにちは！」と彼女は元気な声をかけてくれた。「さっきの、すごい音だったね」と彼女はいう。うん、光の柱が、ちょうどここから見えて驚いたよ。「どしゃ降りに巻き込まれなくてよかった」と彼女はいう。ほんとだね、とぼくは答えた。きみは歩いて旅をしているの？

それからしばらく橋の上で話をした。下の川には、あいかわらずあのふしぎな動物たちがすごいスピードで流れに乗ってゆく。ぼくは先ほどの光の柱の見え方、すさまじい明るさのことを話した。あんなのは初めて経験したよと。「垂直な火が天と地をむすぶ。水平な流れは地上の時間」と彼女はいう。そうだね、まるで十字架の原型のようでもある。でもこの流れはどう考えればいいのかな、とぼくはいう。逆方向のふたつの流れが接している、ぼくらはどちらにむかうこともできる。「たしかにね。でも一方は未来、一方は過去。一方は希望、一方は絶望。必ずそう」と彼女はいう。そうかもしれない。そこに選択の余地はあるのかな、とぼくはいう。「その二つの方向の不思議な性格はね。選ぶことと選ばないことが結局はおなじだということ」と彼女はいう。

彼女はベルリンからパリまで歩いてゆく途上だそうだ。それはヘルツォーク以上だね、とぼくはいう。ヴェルナー・ヘルツォークはかつて友人のロッテ・アイスナーの病気が治癒することを祈りながらミュンヘンからパリまで冬の平原を歩いた。彼女はこうもいった。「あなたは歩くことがもつ特別な力を信じている？」特別？　そう、たぶんね。自分の心がはっきりしないとき、ぼくは歩く。いつも歩いてきた。そのうち歩くことが目的となった。日本列島を歩いた。アパラチア山脈のトレールを歩いた。強風のパタゴニアを歩いた。

「その力を信じられるなら、私たちはおなじ部族だわ」と彼女はいう。「そして私たちの神は、歩く人々の神」そういい終えると彼女は、下ろしていたバックパックを背負い、にっこりと笑って、一度ぼくを抱きしめてくれた。「では元気で。あなたのゆく方角を、どこまでも歩けますように」と彼女はいう。パリまでの道の無事を祈ってます、とぼくは答えた。それから最後にいった、名前を訊いていいかな？　ぼくはジローです。彼女は答えた。「私はディオティーマ。また会いましょう、この世界が終わるまでに」

Ⅱ　もっと遠いよそ

野原、海辺の野原

子供のころ、父に手を引かれて、海沿いの長い堤防を歩いたことがありました。できたばかりの堤防で、道路の舗装もまだなくて、いろいろな雑草のはえた土の道がむきだしになっていました。道にはタンポポの花が咲き、海からの風が強く、明るい太陽の光に輝いていました。冷たい北の海。錆色に濁った海ですが、ぼくはこの海が好きです。

歩きながら、堤防をどうやって作るのかを、父が説明してくれました。この地方には湿地帯が多く、湿地帯はどこも葦でおおわれ、合間に水面が露出する水路が作られています。その水路を小さな手漕ぎの舟で進み、あざやかな緑色をした葦をたくさん刈りとります。この辺りの海底は、どこも細かい粒子の粘土でできています。そこに土台となる石を投入し、粘土を盛り上げて、用意した葦をしきつめる。その上に、また粘土をかぶせる。さらに葦をしく。堤防を作るには、この作業をくりかえし、くりかえし、少しずつ海の中に道を作っていくのです。

粘土と葦の堤防が浅い海の一角を囲ったら、次は囲いの中の水を出さなくてはなりません。エンジンで動く巨大なポンプが休みなく働いても、かなりの日数がかかります。機械がなかった時代にはもっぱら風車に頼っていたようですが、あまりうまく想像できません。ともかくこの国は、むかしからそうして土地を作ってきました。

海に堤防を作り、海を囲いこみ、水を抜き、海底を太陽にさらす。水の重みを取り除かれた海底は、少しずつ隆起して、やがてしっかりした陸地になります。雨水と地下水によって、池や湖ができるところもあります。湖、湿地、乾いた草地が隣り合って、ぽっかりと開けた光の国ができあがります。もちろん、何年かの時間がかかりますけれど、まだ人間の家も畑もない土地は、何か大きな可能性そのもののように、ほがらかな笑い声を立てるように、そこにあるのです。

父に手を引かれて、この新しい土地と海のあいだの堤防を歩いたとき、ぼくは四歳か五歳でした。右手にひろがるのは冷たい海、左手にひろがるのは光の野原。その上を、ずっしりと重い力をもつ海の風が吹きわたっています。スカンジナビア半島から、北海を越えて吹いてくる風です。ぼくの国ネーデルランドでは、干拓地のことをポルダーと呼びます。ネーデルランドとは「低い土地、低い国」という意味で、ここには山がありません。山があるのはずっと南のアルプス山脈。アルプスに降る雪にはじまる無数の川が、やがて何本かの大きな河になり、ゆったりと北にむかって流れます。アルプスの山々を作っていた峻厳な岩石が削られ、流れ、削られ、流れ、どんどん細かくなってゆき、ライン川やマース川の広大なデルタ地帯を形成する。それがネーデルランド、別名オランダの、国土の成り立ちです。それから人々は少しずつ、ポルダーつまり干拓地を、海へとひろげてゆきました。それにつれて、海岸線は少しずつかたちを変えました。ぼくがむかし父と歩いたあの堤防は、かたちを変える陸と海の境界線の、もっとも新しい1ページだったのです。それから長いあいだ、ぼくはあの堤防を訪れることがありませんでした。

オーストファールテルスプラッセン

ここは海から生まれた土地
遠い山脈が削られ、流れてきて
北の海底に降りつもった粘土が
長い年月の後にふたたび
太陽と風にさらされた
地下水と雨が真水の湖を作り
やわらかい草が芽吹き
旅する鳥たちがそこに集まった
鳥たちが草を食べ整えてくれた水辺に
きつねや、兎や、ビーバーが住みついた

赤鹿が放たれて群れとなった
牛が放たれてゆったりと歩いている
馬が放たれてこの土地の主人となった
夏には雷鳴がとどろき、稲妻が樹を倒す
冬には嵐が吹き荒れ、大きな枝を折る
春の明るい日射し、秋のかすんだ落日
めぐる四季が動物たちを育てて
土地は土地になった
泥水の中では鯉が卵を産み、鯉はここで死ぬ
おびただしい蛙たちが生まれ、世界を声でみたす
鳥たちがよろこんで蛙を食っている

もう人にはすることがない

この土地は土地自身のもの
そこに住む植物とすべての動物のもの
太陽と水、気温と土壌が
命の紋様をデザインする
新しく生まれたのはもっとも古い風景
生命というひとつの単純な計画によって
ありのままに取り戻された「野」
野原、野、
野生の野原、海辺の土地

ここは
オーストファールテルスプラッセン

ぼくはいくつかの土地で育ちました。父はオランダ人でしたが、アフリカのイギリス系企業で働いていたため、少年時代は南アフリカに住んでいました。それからニュージーランド、シンガポール。大学では人類学を学び、同時に写真に興味をもちました。アジアの国々を旅し、村の生活の写真を撮影して、それを仕事にしてきました。子供むけの写真絵本を何冊か作っています。通信社への写真の提供もしています。ぼくはいわば、カジュアルな、さまよえるオランダ人です。

最後に故郷オランダを訪れてから十年以上経ったある日、ある噂を耳にしました。首都アムステルダムから自動車でほんの一時間ほどのところに、レリスタットという町があります。アムステルダムの衛星都市というか、もっぱら住宅地とショッピングセンターでできている、小さな町です。ここレリスタットから海にむかったあたりに、オーストファールテルスプラッセンという名の湖があります。オランダ語でプラッセンは湖。その名前はまさに「東にむかう沿岸航路の湖」という意味で、むかしから使われてきた北海の海の道のそばに、新たに人間の手で造られた湖をさしています。ここはポルダー、干拓地です。湖と湿地と草原が、隣り合っています。

噂とは、そこに千頭を超える野生馬の群れが住んでいるというものでした。けれども情報は驚くほど少なくて、誰も何も知りません。アムステルダムの新聞社に勤める友人に聞いても、ほとんど何もわかりません。取材は断られるんだ、と彼はいっていました。ぼくは意を決し、大学の生物学者に直接話してみることにしました。住んでいたシンガポールから国際電話をかけると、さいわい二度かけ直しただけで、現地を知っている研究者にたどりつくことができました。はじめ、あまり愛想のよくなかった彼ですが、電話がシンガポールからのもので、ぼくがアジアの各地で仕事をしていることを話すと、少し興味をもってくれたようでした。彼自身の母親は、インドネシア系のオランダ人だそうです。そしてぼくが十年ぶりのオランダへの帰国を考えているというと、ともかくアムステルダムで会ってくれることになりました。

途中経過を省略すると、パウルという名のこの生物学者が、ぼくを広大な野生の土地へと案内してくれたのです。マスメディアのための取材はお断り、したがってカメラをもたずに来ること、という条件つきで、彼はオーストファールテルスプラッセンの草原を、研究用の四輪駆動の車から見せてくれました。そこにひろがるのは夢のような、夏の野原でした。野原があり、ところどころに背の低い木々のしげみがあります。あるところでは夏の雷や冬の嵐に倒れた大木が、奇妙な彫刻のような枯れ姿を見せています。またあるところでは、黄色い花が一面に咲き乱れ、青空のもとで眩しい光の地帯となっていました。たちまちのうちに、赤鹿の群れに出会いました。数十頭の規模です。車の接近に気づいて、リーダーが駆け出すと、見る見るかれらは遠ざかってゆきました。

海洋性の天候はめまぐるしく変化することがあります。抜けるような北国の青空に分厚くて重い雲が舟のように流れ、濃い影が地面にまだらの模様を作っています。さらに進んだところで、パウルが「ごらん」とつぶやきました。

息を呑みました。見たことのない数の馬の大群が、光と影の、完全に平坦な草原に、のんびりと集っているのです。この馬たちの美しさの秘密は、群れの色がそろっていることにもあるのでしょう。かすかに茶色がかったクリーム色、それが緑の野原にこの上なく映えています。一頭だけ、あれは子馬なのでしょうか、真っ黒な小さな体の馬もいます。パウルが車を停め、そこからふたりで少しずつ群れに近づくことにしました。

　馬たちは何も気にしません。人間のことをまったく気にも留めません。ただそこに立ちつくし、草をはんでいる。たてがみと尻尾を、強い海の風に洗わせながら。ガンの群れが、ぼくらの頭の上を啼きながら飛び過ぎていきました。パウルとぼくは少しずつ馬たちに近づき、もう石を投げれば届く距離にきました。そのとき、それまでバラバラな方向をむいていた馬たちが、いっせいにふりかえり、ぼくらを見ました。何百という、馬の黒くて大きな眼が、ぼくらを見ています。ぼくは全身の毛が逆立つような気がしました。恐怖でしょうか、感動でしょうか。かれらの眼に映ることによって、ぼく自身の存在が何百もの姿に一瞬で増殖し、その土地にばらまかれたような気がしました。そしてあざやかに、そのときはっきりとわかったのです。子供のころ父に手を引かれて歩いた、あのできたばかりの堤防の土の道こそ、いま遠くに見えている、この草原を作った堤防そのものだったことが。

　あれはもう二十五年も前のこと。子供時代に見た、あのからっぽな光の野原が、いまこうして馬たちの土地、馬たちの故郷になっている。そう思いいたったとき、ぼくには何か、時が、海の水のように自分の中に流れこんできて、ぼくという存在をみたし、この土地にふたたび、新しくむすびつけてくれるという気がしました。人の手をまったく離れて、ここで大きな群れとなった、この野生馬たちのおかげで、小さな「さまよえるオランダ人」だったぼくは初めて、心から、こう思うことができたのです。ここがぼくのふるさとだったんだ、と。

オーストファールテルスプラッセン。新しい、野生の土地。

＊　この土地をめぐるドキュメンタリー映画『あたらしい野生の地　リワイルディング』（ルーベン・スミット＋マルク・フェルケルク監督、二〇一三年）はぼくの字幕をつけて二〇一六年に日本公開されました。

そこに寝そべっていなかった猫たち

　ぼくが居間にいると庭先にいる母の姿がちらりと見えて、和室のほうの縁側から家に上がろうとしているらしい。ぼくは旅行から戻ったばかりで、母の住む実家に寄り、とりあえず台所に行き、お茶を淹れる。母が家の中をまわってこっちに来た。庭で何してたのと訊くと、猫が亡くなったという。ぼくは驚き、そういえばいつも玄関先まで迎えに出るのに来なかったなと思う。いつと訊くと、さっき埋めてきたという。旅行から帰ってきたのはぼくだが、母もこの日まで家を空けていたらしい。ではその留守中に猫たちが死んでいたということか、と愕然とする。猫は二匹いたので、二匹とも？　と訊くとそうだという。庭の片隅に埋めたらしい。声をかけてくれればやったのにというと、（犬の名）が死んだときも私が埋めたと母がいった。

ぼくの子供時代の犬のことだからもう半世紀近く前の話だ。

仏間に行ってみる。すると畳にうっすらと猫のかたちに痕が残っているように見えてならない。二匹が、１メートルほど離れて庭のほうを見ながらそこにうずくまっていたのが目に浮かぶようだ。母が古い小型のフィルムカメラで二匹がいたらしい畳のあたりを撮影しようとしているので、ああ、ぼくが撮っておくよと声をかけ、カメラを取りに行く。自分のカメラをもって戻るといつのまにか茶色い縞模様と灰色一色の見知らぬ猫が二匹、和室に来ている。これも縁側から勝手に上がってきたようだ。この子たちは非常に人なつこく、鳴きながらぼくの脚に体を擦りつけたあと、さっき猫の痕があるように見えた畳の上にスフィンクスのようにすわる。

ぼくはこの生きた二匹の姿を撮影する。すると母が（死んだ猫の名）と（もう一匹の死んだ猫の名）も一度くらい写真に撮ってもらえばよかったねという。ああ、ほんとうにそうだったた一度も撮ったことがなかったとぼくは思い、さっきの古いカメラでは撮らなかったのと訊ねる。すると母があのカメラは真似だけのカメラだから、フィルムが入ってないと答える。子供時代の犬の白黒写真が一枚だけ残っているのだが、その写真はその古いカメラで小学生のぼくが撮影したものだということを、ぼくは突然思い出した。

と、ここまで読んでいただいたこの話、どんな印象をもたれるでしょうか。すぐに気づいた人もいるかもしれません。これは夢の話。このお正月にアメリカ東海岸のフィラデルフィアに行き、時差ボケの時に特有の分断された眠りの中で宿のベッドで見た夢を、起きてから書き取ってみたものだ。あらかじめ種明かしをしておくと、母は猫を飼っていないし、ぼくの子供時代の犬を母が埋めたという事実もない。

そんな事実の点検はひとまずおいて。夢の記述を試みたことがある人はたくさんいると思うが、よほどあざやかな印象の夢でも、文字に記せば記す端からその夢はさっきの夢とはどこかしらちがってくる。現実の風景を鉛筆でデッサンするとき、その鉛筆による線画が目のまえの現実とはまったく異なるのとおなじ程度に、文は夢を簡略化する。というか、ちゃんと覚えていてもあまりに転換が速かったり、つじつまが合わなかったり、複数の場面が合成されているようなものだったりすると、文にならないので文が夢をそぎ落として整えてゆく。書きながらもその省略を意識せざるをえないことも、しばしばある。

たとえばこの夢にはなぜか大竹昭子さんが登場していた。理由はわからないが、写真からの連想にはちがいない。大竹さんがそこに立っていて、不在の猫を写真に撮ろうとするぼくに、そうやって撮ると写ることがあるのよねえ、といっていた。現実の大竹さんがそんなことをいうはずがない。大竹さんは小説や紀行のみならず写真評論でも知られ、ぼくの友人である畠山直哉との連続対談集『出来事と写真』という本も出している。また彼女が編集した『この写真がすごい２００８』という本で、ぼくの海岸写真を選び大きく見開きで掲載してくれたこともある。去年の暮れ近く、一二月二三日には、この春からわれわれが明治で新しく創設する理工学研究科の大学院プログラムＰＡＣ「場所、芸術、意識（Places, Arts, and Consciousness）」の開設記念連続対談のひとつを、劇作家の宮沢章夫さんを相手としてお願いした。その記憶もまだ新しかった。夢の素材には昼間の生活のアイテムと記憶の残滓が自由に流用されるので、ぼくが写真を撮影する場面のある夢に、大竹さんが借り出されるのは別に突飛なことではないだろう。だが付け加えておけば、大竹さんは別に猫好きではなく、飼っていらっしゃったのは砂ねずみだった。だから大竹さんとしてそこに現われた人は、じつは大竹さんでもなんでもなかったのかもしれなかった。

改めていうまでもなく、夢を成立させる根本的なメカニズムは「圧縮」condensationと「置換」displacementだ。別にむずかしい考え方ではない。圧縮とはふたつ以上の要素がひとつに圧縮され、渾然一体となること。人物でいえばAさんとBさん（とCさんと……）が、ひとりの某さんとして夢に登場する場合。置換とは、ある要素が別の要素に置き換えられて姿を現すこと。人物でいえば、Xさんとして現われるのがじつは別のYさんであるようなことか。もちろん、いずれの場合も人間に話が限られるわけではなく、ふたつ以上の事物が入り混じる場合もあるし、あるものが別のあるもので置き換えられ表現されるとなると、それは通俗的な意味での夢判断の世界にも近づいてくる。

夢はそんな仕事をいつも行っている。だから夢に現われる「それ」はじつはそれではなく他のいろいろな要素の合成物だったり、連想でむすばれる別の何物かの代理物だったりする。連想はいつも連鎖をなし、意識の水面にちゃぷちゃぷと遊びながら、波間に浮きつ沈みつ、そのときどきのザルツブルクの小枝、つまり結晶の手がかりを求めては、この世という共同化された現実へと登場しようとする。

連想が暴走しながらつむぐ夢を、目覚めのあとに言語で記述するのはむずかしい。言語の線状性はそれこそ真直ぐすぎる枝のようなもので、夢の魅惑的な混沌をあきらめてでもその枝の癖にしたがって言葉を刈りこんで行かなければ、文章は文章にならない。夢の記述としてぼくが愛読してきたのは、ミシェル・レリスの『夜なき夜といくつかの昼なき昼』およびジャック・ケルアックの『夢の本』（奇しくもいずれも一九六一年出版）だが、その率直で果敢な書きっぷりにも拘らず、かれらの夢が「それだけではない」ことは明らかだ。「どこかちがっている」ことは明らかだ。となると、文章による整序の段階に入った夢の記述はすでに創作と区別することはできなくて、逆に創作された文学作品にも、夢の論理が深く浸透している場合はいくらでもある。

たとえばぼくは内田百閒の短篇集『冥途』を近代日本語文学の最高峰のひとつだと考えているが、そこに収められた短篇のいくつかは濃厚な夢の気配を漂わせている。それはもちろん師匠である漱石の『夢十夜』を継承しているにちがいないが、それよりもはるかに洗練され、強度にみちた表現を達成している。まるごとの不安感、後悔、絶望といった気分が伝わってくるそれらのごく短い物語は、百鬼園先生が自分の夢に降りてゆき、その水面で汲んだ潮を煮詰めて結晶させているような趣があり、その夢の雰囲気にわれわれの覚醒時が脅かされ、その怯えがわれわれの夢の中にまで入ってくることになる。

夢に力を借りて書かれたことがあからさまな文学に、ぼくはそうではないものよりも、つねに強く興味を覚えるようだ。とはいえ、いったいどのような文章が夢を感じさせるのかと考えはじめると、ことはさほど簡単ではなくなる。小説の言語はリアリズムを基本とする。それはつまりは言語のつらなりのひとつひとつの語がそれに対応する実在物を少なくとも読者の心にただちに浮かび上がらせるということであり、リアリズム小説もロマンスも、シュルレアリスム小説もSFも、そこで語りのために用いられる言語自体は変わらない。差が出てくるのは、その言語がしめす事物とその動きが、どの程度まで現実の物理法則や空間展開や時間継起や因果関係にしたがっているかという配分でしかない。そして言語は作品世界を語りつつ、「これを信じなさい」というメタ・メッセージを発してもいて、そのメッセージを信じられなければフィクションを読んでもおもしろくもなんともない。

では、そのようにおなじ平面でつむがれる小説言語の何に、われわれはより強く夢を感じるのか。ひとつには、やはり、ありそうにないこと。出来事がつづくのに、その脈絡が見えないこと。場面転換に飛躍が大きいこと。それに加えて、動物や死者たちとの交感がしばしば入ってくることを、指摘しておきたい。いずれも人間の日常的な感覚では、はっきりと空間的に分離され、最小限のつきあいしか保てない相手だ。そして言葉を奪われている。そんなかれらが、夢の時空ではいきいきと反応し、しゃべり、あるいは無言で、われわれの生活に積極的に介入してくる。もっともこれは、直観的な仮説にすぎない。完全に事実として淡々と語られるのに、どこか夢の入口をさししめしているような文章に出会うこともある。

昨日事務所でHが話していたこと。道路工事の人夫が彼に蛙をくれとねだって、その脚をもち、まずその小さな頭、ついで腿、最後に両足と、三口で呑み込んでしまった。——

頑迷に命にしがみついている猫を殺すのにいちばんいい方法。のどのところを扉にはさみ尻尾をひっぱってやること。……

（カフカ「日記」一九一二年九月一八日、私訳）

いずれも胸の悪くなるようなミニ・ストーリーだ。それはたしかにカフカが同僚に聞いた話そのものの要約だったのかもしれないが、そもそもの同僚の話自体が事実なのか空想の産物なのかわからない。あるいはそもそも同僚は微妙にちがう話をしたのに、カフカがそのように聞きなしてまとめてしまったという可能性もある。夢を見るときにわれわれが圧縮と置換のメカニズムにさらされるのとまったくおなじように、物語を語ろうとするわれわれの心でも圧縮と置換がつねに渦を巻いている。それをわれわれは線状に展開する言語で整理し、物語へと似せてゆく。この話の単純この上ない見かけには、複雑な機構を思わせるものは何も無いけれど、動物への酷薄な、常軌を逸した扱いが、どこか非現実への線をまたいでゆくように思わせるところがある。

もうひとつ、ある掌篇小説の冒頭を。

　男は眠ることができない。タクシーの運転手になって一晩中運転している。初仕事の晩、ひとりの女が乗ってくる。「川のところまで」と彼女はいう。ダウンタウンめざして、ガタゴトという眠い音を立てる鉄橋をわたる。橋を渡りきるあたりで、道路はただ水面下に没してゆく。男はおやっと思うが、奇妙なことに、驚くわけではない。タクシーはランプや歩道よりも低くなり、そのまま波の中に入ってゆく。「ここでいいわ」と女がいう。料金を払うとき、彼女の体の鱗のきらめきが、男の目に入る。

（バリー・ユアグロウ「夜の仕事」、私訳）

さっきのカフカの同僚のミニ・ストーリーの生々しい気持ち悪さはここにはなくて、チャーミングに整った現代化された妖精物語の空気が最初から提示される。でも現実には起こりそうにない状況が、現実にはいそうにない存在を登場させつつ展開するとき、描かれる情景は夢に近似する。冒頭の一文が効いている。「眠ることができない」というパラドクシカルな提言が、そのまま夢の世界、つまりいつしか眠っている心の世界を提示しはじめるようだ。彼は夢を見ているのだ。夢が欲望充足だとしたら、水に潜ってゆくタクシーも乗客の人魚も作者の何かの願望をみたしているということになるし、その形象に読者が惹かれるなら、それは読者の側の欲望にその理由があるということになる。だがここで重要だとぼくが考えるのは、そうした欲望は整然と言語化できないものだということ。言語で明言できないから「それ」は夢として見られるのであり、この冒頭の一節を性交への願望（水に潜ること）とか成功した性交（報酬を支払われ、またそのとき彼女が無防備に真の姿を見せること）として解釈することには、退屈なおみくじのような意味（つまりは無意味）しかない。

この観点からするならば、夢に根ざしているように思われる文章がわれわれに掻き立てる興味、もたらす満足とは、何なのだろう。それは明言化できるような（つまりは定型化された）欲望ではなく、それ以前の混沌とした未分化な欲望というか志向性の塊が、文章の書き手から受け手へと直接に手渡されることに由来するのかと思う。人が美意識と呼ぶものも倫理と呼ぶものも結局はその塊に深くむすびついていて、またそれが互いに現実世界では知らない相手同士において深く受け渡されるには芸術作品という外在化された物が必要とされ、あるいはもっとも手段としてふさわしいのかと思う。受け渡される何かが引き起こす胸騒ぎにおいて、われわれがこの世界に何を求め、何に裏切られ、何によろこびを見出し、何を悲しむかの、大まかな輪郭が画定されるのかと思う。あとは話の、そのつどの洗練の問題であり、話には無限のヴァージョンが可能だ。

ある冬の日、澄んだ青空で、太陽の光は明るい。ぼくが居間のガラス窓から外を見ると、庭先にいる母の姿がちらりと見えた。どうやら和室のほうの縁側から家に上がるつもりのようだ。ぼくはさっき旅行から戻ったばかりで、母がひとりで暮らす家に寄り、とりあえず台所に行ってお茶を淹れようとお湯を沸かしはじめた。この家はすべて木造の和風建築で、庭は無造作なりに梅も松も百日紅も植わっていて、木々が身近に感じられる。九十歳になる母が家の中をまわってこっちに来た。沸いたお湯を急須に注ぎながら、庭で何してたのと訊くと、猫が亡くなったという。驚いた。そういえば猫たちはいつも気配を嗅ぎつけては玄関先まで迎えに出るのに来なかったなと思う。いつと訊くと、さっき埋めてきたという。旅行から帰ってきたのはぼくだが、母もこの日まで二日ほど姉のところに泊まって、家を空けていたらしい。ではその留守中に猫たちが死んでいたということか。不意を突かれ、冷水を浴びたような気分がした。うちには猫は二匹いたので、二匹とも？　と訊くとそうだという。なぜ死んだの？　と訊くとそれがわかればねえと答えるので、それ以上のことはいえない。庭の片隅の、地面が露出しているあたりに埋めたらしい。そのあたりにはもともと北山杉が植わっていたのだが、数年前に枯れてしまい、その木を片付けたあとはただときどき雑草を抜くだけの、何もない一角になっていた。声をかけてくれればぼくが埋めたのにというと、ルソーが死んだときも私が埋めたと母がいった。それはぼくの子供時代の雑種犬のことだから、もう半世紀近く前の話だ。ルソーは庭に埋めたのではなかった。近所の農家が作物を作らなくなった畑跡の空き地の一角に埋めたのだった。母が埋めたというが、母の力でそんなに深い穴が掘れるはずがない。会社の若い人に頼んで、住宅地で使う小型のパワーショベルで大人の肩ぐらいまでの穴を掘ってもらった。

十年ほど放置されていたこの空き地には、その後四棟のテラスハウスが建った。ルソーはいかにもどこにでもいそうな雑種の、濃い茶の短毛で耳や尾のかたちでいえばハウンド系、やや臆病だが気のいい犬だった。体は割合に大きくて、土佐犬が入っているかもしれないと叔父がいっていたのを覚えている。

仏間に行ってみる。北側に位置する仏間と南にあるそのつづきの和室は日頃ふすまを開け放っていて、ひとつの区画をなしている。その和室側の畳をよく見ると、うっすらと猫のかたちに痕が残っているように見えてならない。そんなはずはないのに。母が家を空けた三日前にはたしかに元気に生きていた二匹が、互いにくっつきあうのではなくわずかに距離を置いて、庭のほうを見ながら平行してそこにうずくまっていたのが目に浮かぶようだ。母がやってきた。古い小型のハーフサイズのフィルムカメラを手にしている。何を思ったのか、二匹がいたらしいとぼくが思っている畳のあたりをそのカメラで撮影しようとしている。ということは母にも、その猫の痕跡のような畳の妙な光が見えているのだろうか。ぼくはとっさに、ああ、ぼくが撮っておくよと声をかけ、自分のカメラを取りに行った。ぼくのカメラはこの五、六年使っているリコーのＧＲデジタルで、それをもって和室に戻ると、いつのまにか茶色い縞模様と灰色一色の見知らぬ猫が二匹、そこに来ている。近所の飼い猫なのだろうか、縁側から勝手に上がってきたようだ。この子たちは非常に人なつこく、鳴きながら近づいてきてぼくの脚に体を擦りつけたあと、さっきなぜか猫の痕があるように見えた畳の上に、二頭のスフィンクスのようにおごそかにすわる。どこの猫？　と母に聞くのだが、さあ、といって要領をえないまま、猫は自由でいいねという。猫は天下の回りもの、というバカみたいな台詞をぼくは思い浮かべたが口にはしない。

　ぼくはこの生きた二匹の姿を撮影した。いい光なので、確実にきれいに撮れたはずだ。ディスプレイで確認し母にもそれを見せると、母がマルコとポーロも一度くらい写真に撮ってもらえばよかったねという。それは死んだ猫たちの名前。ああ、ほんとうにそうだった一度も撮ったことがなかったとぼくは思い、思っただけで猫たちに対するすまなさに針で刺されるような気分になった。それにしても不在の猫を撮影しようとする母のふるまいはおかしい。どういうことだったのかと考えながら、さっきの古いカメラでは撮らなかったのと訊ねる。すると母があのカメラは真似だけのカメラだから、フィルムが入ってないと答えるので、また驚く。ではいったい何のためにあんなことをしたのか。写真を実際に撮る撮らないは別として、どんな狂った欲望が働くとき、あんな風にカメラをかまえなくてはならないのか。ぼくはまた犬のルソーのことを考え、ルソーが死んだときにその眠るような死体の写真を撮っておけばよかったと思いはじめるといよいよその気持ちが募り、するとすべてが懐かしく、また取り返しのつかないことのように思えてきて、いったい自分の人生は、少なくとも過去の半世紀はなんだったのかと胸が苦しくなってきた。ルソーの写真は一枚も残っていない。その次に飼った犬はシェパードのルーで、狼を意味するそれはぼくが最初に覚えたフランス語の単語なのだった。ルーについては白黒写真が一枚だけ残っている。この犬は八ヶ月で、つまりまだ成犬になるまえに、家から逃げるように駆け出したところを車に跳ね飛ばされて死んだ。ルーのその写真には舌を出した、まだ愛くるしい子犬の姿が映っている。ハッハッという息づかいさえ聞こえてくるような気がする。その写真は、さっき母が持ち出してきた古いカメラ（リコーのオートハーフ）で小学生のぼくが撮影したものだということを、ぼくは突然思い出した。

偽史

1

叔父のひとりは飛行兵でした。特攻隊員たちと完全に同年代ですが、どういう巡り合わせか、南方での偵察機乗務を命ぜられていました。ある日のこと、飛行中に敵機からの攻撃をうけ操縦不能になり、着水した破損機上でそのままインド洋を一週間漂流し、運良くインドネシア人の漁船に助けられたそうです。人々は叔父をそのまま村においてくれて、叔父は畑作りを手伝い、やがて敗戦を迎えたといいます。敗戦の日付をはさんでその村で暮らした数ヶ月が、自分の人生のもっとも幸福な日々だったと、叔父はつねづねいっていました。あのまま、あの村で暮らせたなら、と。つい先日、亡くなりました。今年が初盆です。叔父は生涯独身でした。

2　これはほんとうの話。母の故郷は埼玉県川越。一九四五年当時は高い建物など何もなく、だだっぴろい平野では視界を遮られることがなかった。一九四五年三月から五月にかけて、東京に大規模な空襲が相次いだ。特に三月一〇日の夜には、東京方面の空が異様な明るさに輝くのを、みんな唖然として見つめていたという。芋畑に立ちつくして。川越は入間基地に近いこともあって、住民たちは爆撃を恐れ、防空壕を掘り、いつでも逃げこめるようにしていた。敗戦の報せが流れたとき、同時に、あと一日敗戦が遅れたら川越も焼かれていたという噂が伝わった。それを聞いて大人たちは、もちろんほっとした。すると母の、小学生だった妹が、ひとり目を赤くしている。どうしたの、と訊くと、だって東京、といったまま、後が続かず号泣したそうだ。この叔母は早くに亡くなり、ぼくは会ったことがない。

3　叔父のひとりはフィリピンのどこかの島で戦闘に参加させられた。本格的対戦の初日、戦闘がはじまって一時間も経たないうちに、そのときいちばん親しくしていたおなじ初年兵が戦死した。間近に着弾し、体が吹き飛ばされたのだ。叔父は戦友の名を呼ぶが、返事はない。

見ると首がやっと皮一枚つながっている。動転した叔父は、その首を完全に切り離し、自分自身血まみれになりながら、それを大事に抱いて戻った。帰ると上官に怒鳴りつけられた。しかしその場に残すことは忍びなかったのでありますと泣きながらいって許され、戦友の首は仮埋葬された。やがて八割が戦死したこの戦場から、叔父は生還したが、その話を聞いて真にぞっとしたのは、叔父のこの言葉だった。ところが、おれはほんのわずかな期間にせよ親友だったその男の名前を、どうしても思い出せないのだ。

4

叔父のひとりは中国大陸とニューギニア戦線で、苛烈な実戦を経験した。満州とソ連の国境地帯での戦闘では、部隊はほぼ壊滅したが、どこからともなく現れた白い犬の後をついて動き回るうちに、なぜか自分は助かった。ついでニューギニアでも、密林での戦闘が膠着したとき、やはりふと現れた白い犬の後をついてゆくと、のどかな光にみちた静寂な場所に出られた。いずれも敵前逃亡を疑われても仕方がない行動だったのかもしれないが、そのときは時々うしろをふりかえる犬の後をひとりついてゆくこと以外、何も考えられなかったのだという。

罰せられることはなかった。叔父は特に犬好きなわけではなかった。復員後は手先の器用さを生かしてハンコ屋になった。犬に感謝する術も見つからぬまま、大船渡のハリストス正教会で洗礼を受け、キリスト教徒になった。七十歳を過ぎ、子供たちが成長し妻を亡くして一人暮らしになってからのある日、白い雑種の子犬をもらってきて飼いはじめた。非常にかわいがり、犬もまたよくなつき、しばらくそうして仲良く暮らしていた。

三十三歳のジョバンニ

1

ぼくらは列車に乗り、その列車はいつのまにか行方を見失って、ただガタンゴトンと単調な音を立てながら、どこともいえないどこかへと夜の野原を走ってゆくのだった。列車は車内の灯りをすっかり消し、窓の外にひろがる夢のような風景ばかりが水のように座席やすわる人の心に流れこんでくるのだった。ぼくらは旅をしていたがその旅の目的も目的地もすでにわからなくなって、ただ行けるところまで行こうという言葉だけが耳にはっきりと聞こえている、残っている。でもその言葉を誰がいついったのかは、昨日街角ですれちがった人の顔のようにもう思い出せなくなっているのだった。ときどきウィンクするみたいに鋭い光を投げかけてくる遠い灯台が、この線路がけっして海から遠くないことを思い出させてくれる。狼であるはずはないが犬だとも思えない動物の遠吠えのような声が響いて、ケーンという列車の警笛とひとつに混じり合った。なぜだろう、おなかがすいた、あるいは、すかない。列車は果樹園のような森にさしかかり、木々には子供のげんこつくらいの大きさのりんごの緑と赤の実がたわわに実っていて、列車の速度も車内と木々のあいだの距離も関係なくただ手を伸ばせば実が自分からふわりと飛んでくるようで、飛んできた実が掌に着くとただちにその香りと酸っぱい味わいが口いっぱいにひろがるので、もう食べても食べなくてもどっちだっていいという気持ちになるのだった。そんな話をまさおから聞かされたことがあった。まさおは思い出話として、それを語った。

2

きみは眠っているの。ぼくはまだ起きているよ。眠りの中で夢が起きるとき夢はどんな時間にも空間にもきみを連れていってくれる。だからそれは魔法だ、もっとも手軽な宇宙旅行。夢の時空は目覚めている現実の物理的な法則にしたがわなくていい。それでも夢が「使う」時間と空間は自分自身がそれまでに経験した過去の時間と空間だけを素材としているもので、この「自分」をまったく超えたどこかや何かを出発点として物語やイメージを演出することはできない。ほとんどの場合、夢の中でぼくらは自分の過去のある一点へと帰ってゆく。過去のある場所へと、そっと帰ってゆく。引き戻されるんだ。夢で見たできごとやそのできごとが埋めこまれた世界はしばしば目覚めとともに忘れられるため、目覚めたあとぼんやり漠然とした悲しみやさびしさの印象につきまとわれることが多い。それはたったいままですぐそこにいた「存在」（なんであれ）、あるいはそこにあった世界と、瞬時のうちに絶対的に引き離されたことの悲しみなのだろう。ほら、さびしさがやってくる。目覚めたくなんか、なかったのに。きみはまだ眠るの。眠っていいよ。好きなだけ、足りるだけ寝ればいい。よく眠って。眠れば治るから。きっと。

3　以前、先生からこんな話を聞いた。ヒトという動物の進化の歴史の中で夢が果たした役割について。それは果たされなかったコミュニケーションを埋め合わせるものだ、ということ。とりかえしのつかない不在の相手とのあいだに、心の通信を経験させるものだということ。簡単な例をあげようか。夢の中で人は死者と話をすることができる。夢の中で人は動物と話をすることができる。だから。ぼくはぼくの死者A、B、Cと昨晩夢の中で話をして、非常にみちたりた、桃の花のような気持ちになりました。ぼくはぼくが殺した猪、鹿、熊たちに夢の中で再会してお詫びをいい、一列に並んだかれらから許してもらうことができました。それから私は夢の中で私の死者たちと手をつなぎ遠い道を川岸や海岸めざして歩いてゆきました。それから私は夢の中で獣たちの母神に会いこれまでに殺した彼女の子供たちの毛皮と骨を返しこれからも子供たちを送りつづけてくださいとお願いしたのです。かれらの肉を、私の人々のために。こうして夢は神話や民話をはじめ、生と死を交換し、悔恨を物語によってやわらげてくれる。ほんとうにすまなく思うことがあるんだ、ぼくには。いろいろな理由で死んだ家族やともだちに対して。ぼくたちを生かすために命をささげてくれた獣たちに対して。先生はそんなことを授業で語った。

4

まさおは大学の同級生だった。四十歳をすぎてかつて中退した大学に入り直したものの、あまり人付き合いがないぼくにとってまさおは一時期たぶんもっともよく話す相手だったので、年齢は二十歳もぼくのほうが上だけれど親友だといってもよかった。あるときまさおが出るという授業にぼくもついてゆき、聞いたのがいまの先生の話だった。授業が終わるとまさおと長い道を商店街や郵便局や修理工場や教会を通りすぎてどこまでも歩いた。歩きながらまさおはポツポツと自分の考えを話した。だいたい無口だけれど、どこか考えこむような、ときどき眉を上げて途方にくれたような話し方をするのでそれでかえって強く記憶に残ることがあった。まさおの話はしばしば脈絡がなくて因果関係もよくわからず謎めいているけれど何か不意に心にさしてくるものがあるのだ。「さす」というのは日がさす光がさすというときの「さす」。明るみがやってくる。ものごとの輪郭に輝きが生じる。まさおが夢についていったことで、よく覚えている言葉がある。「夢はつむじ風、夢はどしゃ降り。夢はやわらかく温かい雨、夢はジリジリと心を焦がす日光」。まさおはほとんど眠るようにぐったりと列車の座席に体を沈ませたまま、そんな風にいっていた。

5　ところでみなさんはブルームズ・デイを知っていますか。今日はブルームズ・デイ、六月一六日です。二十世紀アイルランドの小説家ジェイムズ・ジョイスの代表作『ユリシーズ』の記念日です。『ユリシーズ』という作品は一九〇四年六月一六日のダブリンを舞台としています。この日付は、おもしろいことに、作者ジムが後に妻となるノラという女性と初めてデートをした、作者にとっては特別の日だったのだそうです。そのこと自体は、ぼくたちには何の意味もありません。ただ『ユリシーズ』という小説が書かれ、その作品の空間が六月一六日だということで、この日が特別な一日になるのです。でもいまぼくがいるのはダブリンではない。ここは福島県南相馬市立中央図書館、二〇一三年。今日は午前十時の開館とともにここに来て、この北欧風の瀟洒で機能的な充実した図書館で、これから閉館の午後五時まですごすです。お昼ごはんも食べずに書くつもりなのだ。何を書く？　物語への注釈というか、その余白への書き込み。物語が延長されるときの、別種の物語。そして物語のことを考えはじめるとき、ぼくの頭は暗くなり、夜になり、想像と現実の区別もつかなくなってしまう。季節の印象、この六月という真夏の印象、光にみたされた明るい夜の印象は、ぼくたちの頭の周囲をすっかり風のように包んでいるというのに。南相馬にいて、この場所でも、ぼくの想像はダブリンにも、どこにだって、行くことができる。誰のことを考えてもいい。何を思い出してもいい。

6

ところでまさおはこのごろずっと睡眠不足で疲れていて、いろいろなことをどう考えればいいのかがわからなくなっていたのだ。銀河を見てもたぶん、それがやっぱりすべて星だということを、自信をもっていうことはできなかっただろう。それはたしかにそんな風に見えるのだが、見えるという以前にそう判断する自分の知識があやふやだと思えて、ほんとうに星だといいきることができない。何年か前に会社勤めをやめたころ、まさおはいつもWilcoの歌“Jesus, etc.”ばかり聴いていた。その歌を知らない人は、ぜひYouTubeで検索して聴いてみてください。ある歌のメロディーと歌詞がなぜかある時点ある状況での心に、あまりにも深く入ってくることがある。割れた岩のすきまに植物が根を伸ばすように。「きみがいったことは正しかったね、星のひとつひとつは沈んでゆく太陽だ」というその歌詞の切れはしが、いつまでもくりかえし頭の中で響くのだった。そのとき、まさおが「きみ」という代名詞で考えていたのはけいこのことで、けいことは二度と会うことがないのもわかっていた。けいこが今どこでどうしているのかも知らない。けいこはどこで暮らしているのだろうか。あのころ夢として語っていたように、狩猟の免許をとって女猟師となり鹿を狩っているのだろうか。ダイアンけいこ山本。フィリピン系日系ハワイ系アメリカ人の父親をもつ、小柄で敏捷な女の子だった。でも以下の物語にけいこは登場しない。

7

大人になってからのまさおはいくつかの仕事についた。学校を出て、まず小学校の先生になった。それは自分に向いた仕事だと初めは思っていた。でも次第に、児童の親たちとの関係に疲れるようになってきた。まさおと教え子たちの年齢差は十五、六歳でしかなく、親たちの多くはまさおよりも十歳ほど上だった。その子たちの母親の何人かが、ことあるごとにまさおに意見をいった。彼女らは要求が多かった。しばしば無理難題のような要求を別々の母親から出された。「うちの子にはどうしても医者になってほしいの。算数をどんどん伸ばしてください」「勉強はね、適当でいいんですよ。十分に森や川で遊ばせて、地球温暖化と生物多様性について話してやってくださいな」「これまでもこれからも、なんといっても英語でしょ？先生、発音だけはちゃんとお願いしますよ」「危ないことはさせないで。原材料がトレースできない給食はいりません」「私は土曜日にも仕事をしているのだから学校でちゃんと面倒を見てくださいよ」「毎日人参を持たせますので必ず正午に食べさせていただけますか」「虫が怖いんだから仕方ないでしょう、いくら理科だからといって無理にさわらせないでちょうだい」そんな数々の要求の言葉が少しずつまさおを追いつめてゆき、ああこれではぼくにはとてもつとまらないと思いはじめたらあとは坂道をころげ落ちるようにして、まさおは二年で学校を退職した。

8

それから会社をいくつか替わった。新聞社の広告とりは、内向的なまさおには辛い仕事だった。書店ばかりを相手にする出版社の営業ならそれでも勤まるかと思ったけれど、まさおが扱う本はどれもまったく売れそうにないと思われるのかどこの本屋さんでも置いてもらえなかった。水産会社の事務もやってみたが、海の風どころか何の実体も感じられない数字のやりとりだけで話が完結する上、猫みたいな顔をした上司の悪意が日に日に強くなってこれも耐えられなくなった。つづくビルの窓ふきは楽しかった。正社員ではなくバイトの扱いだがなぜか気のいい仲間ばかりで（それぞれバンドをやっていたり写真家の卵だったり）屋外での仕事はしばしば気持ちよく、快晴の日はたとえ暑くても爽快だった。ただ、雨の日と風があまりに強い日には仕事がとりやめになった。ある年の春から夏にかけてこうして楽しく働いていたのだが、ある日業務前にひどい目眩がして以来、高いところにあがるのが一瞬にしてどうにも怖くなってしまった。それでこの仕事もやめ。それからの数年はコンビニの夜間シフトをやっている。これからどうしようかと思う。これからどうすればいいのかわからない。まさおは三十三歳だ。

9

雨があがり、空は曇っているけれども明るくなってきた。ぼくは外の空気を吸うために図書館のすぐそばにある原ノ町駅まで歩いていった。日曜日二〇一三年六月一六日の午後の駅は閑散としている。駅員さんが床を掃き、あとは売店に店員のおばさんがいるだけ。旅客はひとりもいない。切符の自動販売機の上にある路線図には貼り紙があった。「原ノ町駅～広野駅間は、警戒区域内のため、運転を見合わせております」。原ノ町、磐城太田、小高、桃内、浪江、双葉、大野、夜ノ森、富岡、竜田、木戸、広野。駅として働くことをやめ、いつになれば運転が再開されるかわからない線路上に、ぽつん、ぽつん、と孤立する駅たち。もう駅ではなく、駅のふりをしているだけの駅。人が住めなくなった土地をあてどなく守るかのような、列島をなす小さな島々のような駅たち。そして線路であることをやめてしまった、そこにあるのに途切れた線路。つながっているのに、断ち切られた線路。

10

図書館に、ぼくはアレシュを連れてきたのだ。アレシュ・シュテーゲルは中欧スロヴェニアの詩人。彼がとりくんでいるプロジェクトは、公共の場で自分を人目にさらしながら、十二時間ほどかけてひとつの作品を書き上げるというもの。小冊子にして30ページ分くらいの分量のテクストと何点かの写真を組み合わせ、その小冊子は驚くべきことに二十四時間以内に印刷され完成されるのだという。以前の冊子を見せてもらった。スロヴェニア語がまったく読めないぼくには内容がわからないが、外見は見事な出来映え。彼はこの現地制作を（英語では）

Written on the Spotと呼んでいる。今回は日本にやってきて、福島で、そんな制作を試みることにした。場所はどうしようか。相談を受けてぼくが最初に思いついたのが、ここ南相馬の図書館。アレシュはすでに一昨日のうちに南相馬を初めて訪れ、小高地区をはじめとする津波に破壊された土地を見るとともに、国道が封鎖されるその地点まで福島第一原発に接近してきた。彼が何を考えどんなヴィジョンを得たのかは知らないが、すでに四時間あまり、お昼の休憩もとらずに真剣な顔で書きつづけている。そしてその間、ぼくも物語を進めようとしている。まさおのことを思い出しながら。まさおの気持ちにあったはずの、どこかの小さな街角か村の道や広場のことを書こうとして。

11

まさおの毎日はそれから何年か、おなじようなリズムですぎていった。午後十一時にはじまる夜間の業務、明け方の掃除。朝七時には店長夫婦が出勤するので、それで交替する。かれらはそれから午後までいて、午後から夕方は近所の主婦、夜の早めの時間はだいたい学生のアルバイトを使っている。それも中国やネパールからの留学生が多い。夜間シフトをずっとやっているのはまさおだけで、ほかは三、四人がときどき顔ぶれを変えながら「常時二名以上在店」という店の鉄則を守れるようにして勤務していた。このやや年齢が上のグループはみんな三十代以上で、それぞれに「これは」という目標があった。ビリヤードの全日本級の選手。映像作家。書道家。夕方、小中学生相手の書道教室をやってから夜のシフトに入る、まさおよりいくつか上の田上さんの場合、ほんとうの情熱と興味の対象はアラビア語カリグラフィー（書道）なのだった。映像作家は沢野くんといって坊主頭でなんとも柔和な顔をしていて、これなら実際宗教家になればそれでじゅうぶん生計が立てられるのではないかと思えるのだけれど本人はそんなことには興味がない。限界集落と呼ばれるいくつかの山間部の村の生活を、たんたんとナレーションのないビデオ作品にしていた。

12

かれらはいい、とまさおは思っていた。ぼくはどうしよう、とまさおは思っていた。仕事にすっかり疲れていたころのまさおは本を読む気力もなかったが、もともと本を読むことがきらいではないのだ。たくさんは読めないし読まないけれど、学生のころ先生のいっていたことをいまでも覚えているし実践することがある。先生は本の読み方をこんな風に説明していた。きみたちはある言葉の意味が、どんな場合にも変わらないと思いがちだ。でもそれはとんでもないまちがいなのだ。言葉というか語の意味は人がそれぞれ勝手に使っている。意味はどんどん変わる、変わっているよ。犬といってごらん。きみが秋田犬を思い浮かべていても、相手はパピヨンを思い浮かべている。彼がバセンジーかディンゴを思い描いても、彼女はチベタン・マスチフを想像する。人間のディスコミュニケーションってやつは、どうしようもないもんだよ。ましてや犬猫ほどにもたしかな存在のないものをさす、もっと微妙なあれこれの語になると。いいかい、ワードつまり単語の意味はセンテンスつまり文の中で初めて決まるんだ。そしてセンテンスつまり文の意味はパラグラフつまり段落の中で初めて決まるんだ。センテンスだのパラグラフだのと私がいうのは私が英語教師だからでそれは許してほしい。みんな「考え」ということをよくいうが、人間の考えなんてごちゃごちゃしていてまるで混沌至極でてんでなっちゃいないものだよ。いわゆる考えは切り分けられていない肉、食べられない部分を取り除いていない野菜のようなものだ。それがはっきりしたかたちになって人に咀嚼できるものになるのは段落としてのかたちを整えられてからのことさ。そうさ。うん、たしかにそうだ。私にはそんな風に思える。段落こそ料理だ。段落が鍵を握るのだ。長い文章を読んでもよくわからないことは多い。人間にとってじつに他人の文章とはわかりにくいものだ。何かあると思ってもその何かが見えてくるのは読んだずっと後になってということが多い。だから私がきみたちに勧めたいのはね、段落を読むことだ。段落で読むことだ。数は少なくていいから、決められた段落をくりかえし読むことだ。毎日読むことだ。抜き書きを作っておくといいね。ノートの1ページにひとつ、あるいは情報カードでもいいだろう。コピーでもいいけれど、手書きがいいよ。動く歩道に乗ることは歩くことの代わりにはならないだろう。手書きがいいよ。そして毎日、おなじ段落をくりかえし読むのだ。それでわかってくる。そのうちわかってくる。何かがわかってくる。何がわかったかはわかってみなければわからないような、そんな何かがね。

13

先生はそもそも話し方がわかりにくかったが何かを一所懸命に語ろうとするところにまさおは好感をもっていた。まさおが大学に入った年の英語の先生なのだった。まさおは高校生のころは英語があまり得意でなかったが、大学に入って先生の最初の授業でまさに目から鱗が落ちる思いをした。先生はいった。簡単なことを１００パーセント身につけるべし。言葉ってそういうものだ。身につけるということは、反応時間を限りなくゼロに近づけるということ。中学校の教科書に出てきたセンテンスがみんな十分に身についているか。七語、できれば九語までのセンテンスは瞬時にそのままくりかえしていえるようにすること。「へえ、そうなの？」「あれって何だっけ？」というレベルではダメなんだよ、言葉は。センテンスそのものを体に入れること。口に出してくりかえしながら、それにともなう動作を体と心ができるようにすることだ。瞬時に。言葉ってそういうものだ。

14

三十三歳のまさおにはもう十年ほども家族がいなかった。おかあさんはまさおが小学生のころから病みがちだったが結局中学生のときに亡くなったようだ。どんな病気だったのか、ぼくは聞いていない。まさおはひとりっ子だった。おとうさんは、まさおが大学を出た年にほんの三ヶ月ほど床について、やはり病気で亡くなった。まさおが小学校の先生をしていた時期だ。おとうさんは定年退職するまである研究所に勤めていて、原子力発電の専門家だった。口ごもる人だった、とまさおがおとうさんのことを話したことがある。ある文を口にしはじめて、最後の「。」にたどりつかないことが多かった。おとうさんとはずっと一緒に暮らしたが、あまり会話はなかった。小学生のころ、おとうさんが原発の専門家だということで、同級生たちからからかわれたことがあるそうだ。担任の先生（理科の先生）が、原子力のことを勉強したとき、ふと、まさおのおとうさんの職業を口にしてしまったのだ。先生は技術者一般に対するある種の敬意をもって話したのだが、同時に「原子力発電は私たちの社会には不要なものです」という彼なりのメッセージをはっきりと伝えた。それに反応した同級生の何人かが、まさおのことを「ゲンパツくん」と呼びはじめた。まさおにはそれは青ざめるくらい辛いことだった。子供たちって残酷なものだから、と後に小学校の先生になったまさおは思ったことがあった。おとうさんは研究所に勤めながら、ずっと自分とまさおのお弁当を作ってくれた。自分は第一線の知識をもつ技術者だったけれど、まさおに自分とおなじ道を進ませようという希望はまったくなかった。自分の仕事のことを話すことがなかった。まさおが大学で文系に進んでも、それにも何もいわなかった。釣りが好きで何度かまさおをダム湖に連れていってくれた。ダム湖とは不自然なものだ、とおとうさんがあるときいった。でも不自然さを組み入れてやっと生きているのが現代の人間社会だから、とおとうさんは自分にむかってたしかめるようにいった。まさおは水を浴びたような気がした。

15

あまり出かけることのないまさおだったが、三月一一日の地震が起きて一年あまり、初めて一週間の休みをとって海岸へと旅をした。線路が断ち切られ交通が途絶した地方にバスでむかった。そこは初めての土地だ。バスの発着所に変わってしまった駅に降り立ち、どこに行けばいいのかわからない。海岸まで歩いてみようと思った。方向だけ見当をつけてどんどん東にむかって歩いた。町が終わりまばらに民家があり、あるところから先にはもう何もなかった。わずかに残された、半ば壊れた家。瓦礫を積んだ山。なぜそこにあるのかわからない巨大な水たまり。ひっくりかえったままの軽自動車。倒れた自販機。そうしたものが点在するけれど、印象をいうならそこは一面の「広さ」だった。海のような広さをもつ陸地だった。心臓をドキドキさせながらどんどん歩いて行った。汗をたくさんかいた。ずっとむこうに壊れたコンクリートの防波堤があり、一時間ほどもかけてそこまで歩いてゆきその上に立って見るとテトラポッドも整列を解かれて途方にくれているようだった。波が打ち寄せるリズムは変わらない。その防波堤の上で、むかしおとうさんがいっていた「不自然さを組み入れて」という言葉をまさおは思い出したのだ。

16

防波堤のそばには何かの祭壇が作られ、太鼓を単調に叩きながらお経を読んでいる人たちがいた。祭壇には花がそなえられ花とはいったい何なのかとまさおは思った。ぼくにはこの風景そのものへの悲しみはないかもしれないとまさおは思った。でもああしてお経をあげている人たちのことを思うと胸がいっぱいになり、さらにはお経すらあげることができず黙っている人たちのことを思うと胸がざわめく森になったようで、まさおはこの光景をたとえばおかあさんに見せたかったと思った。おとうさんに見せたかったと思った。そしておかあさんとおとうさんの感想を聞きたいと思った。おかあさん、二十年あまり前から死んでいるぼくのおかあさん、おとうさん、すでに十年近く死んでいるぼくのおとうさん、この土地はこんな風になってしまいました。この土地でぼくには何もみんなの役に立つことができません。こうして見にきても、どうすればいいのかわかりません。それから帰りはじめたとき、軽乗用車を運転していた女の人がまさおに声をかけてくれた。どうしたの、よかったら乗っていきませんか。それで四、五キロ先の駅のあたりまで、彼女の車に乗せてもらうことにした。

17

女の人はめぐみさんといった。まさおよりいくつか年上な感じだった。小さな、いかにも走り抜いたという歴史を感じさせる車に乗っていた。この土地に自分はつながりがない、でも見ておきたいと思ってここに来たんです、それがいいことかどうかもわからないけれど、とまさおはめぐみさんに話した。めぐみさんは、私もよそものだから、といった。私はこの県で生まれ育ったけれど、どこにいっても結局よそものだから。ただこうして土地を走り歩き立ち止まって植物のようすを見ている、とめぐみさんはいった。彼女は華道家だった。いまはこの県のずっと内陸部のほうに住んでいる。父が華道家だったのね。でもね、私は華道という言葉は使わないの。しばらくは自分で勝手に「花道《はなどう》」と呼んでいた。けれども花って結局は植物にとっては一時的な現象でしかないでしょう。その背後にある植物の世界をまるごとつかみたい。植物がこの世に現われること自体、広い意味ではたしかに「はな」だけれど、花そのものは植物のごく小さな一部、その命の循環の中のつかのま。それで私はいまでは自分がやっていることを「草木道《そうもくどう》」と呼んでいるの。それからめぐみさんが、その先まで行ってみましょうかといって、車で連れていってくれたところがあった。

18

海岸だ。海岸の崖の上だ。そこに岩盤が露出している。やや青みがかった灰色の岩ははっきりと層をなしていて、その層が傾斜していることから造山運動による褶曲の跡がわかる。この岩壁はずっしりとした重みをもって地球という球体に斜めにつながっているようだ。土がありぎがあるとき、岩は土壌にとっての骨のようで、そのたしかな存在感はそれ自体が光のように明るく、実際に晴れた海岸の夕方の中でその岩は輝いて見えた。どう、この岩盤、とめぐみさんがいった。これは一億年以上前の岩らしいよ。この岩ができて以来、地面は動きつづけている。時間の尺度がそこまで大きくなると私たちにはどうやってもそれをとらえることができない。でも時間を凝縮させて極端な圧力をもって固めたようなこの岩が見せているのはまさに時は経過してきたということ、これからも経過するということ。岩石は草木を超えている。生命をぜんぜん超えている。超えながら包んでいる、あるいは、載せている。この岩の露出。でも正直にいうと私は岩石がもつ意味をそんなに真剣に考えたことがなかったの。激しく動揺し波に洗われたこの海岸を見て、それからこの岩の壁をこうして訪れるまで。めぐみさんはそれからまた何もない「広さ」の中を抜けて、まさおを駅という名のバス発着所まで送ってくれた。その間もめぐみさんはまるで不在の相手にむかって話すようにして、まさおにさらに語りかけていた。いま見ておきたい、植物のようすを。そして動物たちがこれからここでどうやって生きてゆくのかを。私はそれを見たい、見てゆきたい。いま一時的にこの土地を立ち去った植物も動物も必ず帰ってくるから。この土地が、場所が、求めている、呼びかけている相手としての動植物がいるのだから。かれらは必ず帰ってくる。私はそれを見たい。

19

岩盤とめぐみさんの話にちょっと混乱してしまったまさおはめぐみさんにうまく言葉を返すことができなかったが、それをいうなら、まさおの反応はいつもその場に遅れているのだった。ぼくはぼく自身の人生にすら遅れをとっている、と自嘲気味に考えることが彼には時々あった。めぐみさんの小さな車の中でまさおが思い出したのは、コアラのサムのことだったのだ。ユーカリの森が燃えつづけるオーストラリアの激しい山火事の現場で、消防士が衰弱した野生のコアラを見つけた。野生のコアラだからもちろん人を見れば逃げようとする。でももう逃げる気力もないのか、ぐったりとその場にうずくまったまま途方にくれているようだ。消防士はペットボトルの水を少しその鼻先にこぼし、瓶の口をコアラの口に近づけてやった。するとこの雌のコアラは驚いたことに、流される水をごくごくと飲みはじめた。一本を飲みきって、二本目へ。よほど熱にさらされよほど喉が乾ききっていたのだろう。そのときサムはヒトを恐がらなかった。そのときサムにはまだ名前はなくて、サムは水をくれた人間に対して感謝か、あるいは少なくとも同種の仲間に対するのとおなじくらいの信頼を感じていたかもしれない。でも感謝すべきなのはサムに水をあげることができた人間であり、その話を聞いた人間たちだったろう。まさおはそう考えた。その考えがもたらすモヤモヤした気持ちを、まさおはめぐみさんに伝えることができないまま、駅のふりをしたバス発着場で彼女と別れた。

20

ぼくの思い出を話します。小学校四年生のころ、ぼくは農村が大都市近郊の住宅地に変わってゆく地帯に住んでいて、近所には農業用水がありました。その小さな、でも水量の多い川には生命が充満していて、ふな、かえる、ざりがに、かめ、水棲昆虫、なんでもいました。子供たちはそこで小動物を捕まえて遊びました。たちの悪い上級生たちは捕まえたかえるの口に爆竹をくわえさせ体を吹き飛ばしてよろこんでいました。ぼくはやつらがきらいでした。かれらの底なしの意地の悪さや残酷さは、もちろん小動物以外のあらゆるものにも向けられていたからです。用水のわきに野菜も魚も缶詰や茹でた麺も売っている小さな食料品店があり、この店ではたとえば捌いた魚のはらわたをそのまま用水に捨てていました。思い出すと、よくあんなめちゃくちゃなことをしていたものだと思いますが、水草が育った農業用水はそれ自体水中の密林のようにすべての生命をリサイクルするとでも考えていたのかもしれません。これはコンビニが小売業界を席巻する以前の日本の話です。店を手伝っている若い母親に、たしかヒロくんという名前の子供がいました。三歳か四歳のおとなしい男の子で、いつももっと大きな子たちが用水で遊ぶのを見て、見ることを楽しんでいました。ある日ぼくがひとりで小学校から帰る夕方、ヒロくんがひとりで用水のそばにいるのを見かけました。ほとんど手と一体化していた野球のグラブをはめたままの左手をぼくはインディアンのあいさつのようにあげて「ヒロくん！」と声をかけ、そのまま通りすぎました。誰か大きな子が残していったタモ網を手にしたヒロくんは一瞬顔を上げ、すぐまた流れる川面を見つめていました。そろそろ田植えがはじまろうかという季節で用水は増水しています。流れははっきりと目に見える速さになっていました。その晩のことを、よく覚えています。近所が妙にざわざわしていると思ったら、多くの大人たちが用水のそばに集まっているのです。大人たちは人だかりとなって用水のそばに並んで立ち、みんなが見つめる川にふたりの男が腰まで入って何かを探しています。若い母親がしゃがみこんで泣きじゃくっていました。川べりのドラム缶で火がたかれ、その火の灯りといくつもの懐中電灯やサーチライトの光が交錯していました。農作業用の軽トラックのつけっぱなしのヘッドライトもあたりを照らしていました。怖くなるようなざわめきでした。どれだけその捜索がつづいたのかわからないし、ぼくはそれをたぶん五分とは見てはいなかったと思います。いつも魚を捌いては川に捨てている太った商店主が足で何かをさぐるようにゆっくりと水の中を歩いている姿だけが、いまも連続するスチール写真のように頭に残っているのです。

21　翌日、小学校の朝礼では、用水で遊んではいけないという先生の話がいつになくおごそかな口調をもって話されました。誰にも何もいったことがないのですけれど、ぼくには恐れていることがありました。あるいはあの夕方、生きたヒロくんに声をかけた最後の人間は自分だったかもしれないのです。少しは責任をわかちもつべき年上の子供としてぼくがヒロくんに何かひとことといえば、ヒロくんはあんなことにはならなかったかもしれないのです。おーい、ヒロくん、どうしたの、あぶないよ、もうおうちに帰りなよ。いわなかった、いえなかったひとこと。小さな男の子の命をつなげられたかもしれないひとこと。だがそれについて誰かにひとことでも話したら、それだけで自分が責められるのではないかという強迫観念を、小学生のぼくは抱いてしまったみたいでした。それから数年、高校生になってもうその場所には住んでいなかったぼくが何かの用事の帰りにひさしぶりにおなじ用水を通りかかったとき、奇妙なことが起きました。あのときのヒロくんにそっくりの、いやたぶん顔かたちは似ていないのですが同い年くらいの身格好の小さな男の子がその場で遊んでいるのです。用水にはあの事件のあとまもなく張られた金網のフェンスがずっとつづき、もう子供たちが自由に遊べる川ではなくなっていました。その男の子は小銭を次々にポケットから出しては、フェンス越しに川に投げこんでいるのです。お金を小石のように捨てるなんて、そんなへんなことはまさか誰もしないと思いますが、そのときはたしかにそんなふうに見えました。男の子の背後を通り過ぎるとき、ぼくは叫びたいほどの恐怖感にかられました。フェンスがあるから落ちる心配はないのです。それでもぼくは青ざめた声で、その男の子にむかって、あぶないよ、もうおうちに帰りなよ、といわずにはいられませんでした。そう声をかけて通り過ぎ、直後にぼくはふりかえりました。いきなり心がじーんと痺れたような、心の感覚がなくなったようが気がしました。小さな男の子の姿など、もうどこにもありませんでした。そこにはただ風があり光があり、汚れた川と道があるだけだったのです。

22　ヒロくん／どうしたの／もう／おうちに／帰りなよ／おかあさんが／待ってるよ

23　アレシュとぼくは前日、福島市内の常圓寺をたずねていた。住職の阿部さんは早くから自主的な除染活動にとりくんでいる。お寺が、行政まかせにしていてはまるですすまない除染に自分たちの手で取り組もうという人々の拠点となっているのだ。阿部さんは自分で調達したロシア製の線量計を貸してくれ、それからいくつかの場所を案内してくれた。除染とは水で丹念に洗うことが唯一の方法で、地表にある汚泥をそうやって水で生活圏の外に流す。もちろん放射性物質がなくなるわけではなく、それは場所を移動するだけだ。それでも作業をすることに何の意味があるかというと、少なくとも直接の意味をもつ対象がいる。ヒトの子供たちだ。小雨が降る一日で、まずぼくらは放射性物質を含む汚泥や洗浄後の砂利を入れた青い容器を並べてあるお寺の山の敷地を見せてもらった。小石の性質によっては、細かい穴に放射性物質が入りこんで水で洗っただけでは落ちないことがある。線量計を近づけるとてきめんに警告音が鳴りつづける。それから実際のホットスポットを見せてもらった。山道の舗装道路には雨が流れ、流れはおのずから方向を見出している。路面を流れた水が道路脇の地面に出てしみこむところを計ってゆくと、にわかに警告音の高まるポイントがあるのだ。まさに、点。そしてほんの3メートルも離れてしまえば、もうなんでもない。舗装道路の反対側（高い側）はなんでもないし、空中にじゅうぶんな高さをとればなんでもない。けれども地面の、その一点においては、たとえば子供がそこにぽつんと立っていればいるあいだ確実に被曝する。そんな地点が市内にも点在し、それを見つけるとゼオライトという白い粉を目印として撒いておき、つづいて洗浄する。人間がやったことの後始末は人間がやらなくてはならない、と阿部さんはいった。ばかげた事故がもたらした結果に、子供たちをまきこみたくないでしょう。ここで暮らしていくためには、大人がやらなくてはならない。生活圏の洗える限りの地面を、まずは洗うしかない。

24　福島市内には阿武隈川の白鳥飛来地がある。年ごとに白鳥たちはやってくる、ここにやってくる。人々はその姿を間近から見て季節のめぐりを実感し、鳥たちの力を視覚的に学ぶことができる。遠い距離を旅する大きな鳥への畏れを学ぶことができる。この白鳥たちは人を恐れない。だがこの場所も地表はきびしく汚染されている。草むらでは線量計の数値が見るうちに上がる。ここにのんびりとどまって白鳥たちに無言で話しかけることは、もうできない。白鳥たちの言葉なきささやきを聴き取ろうとすることは、もうできない。いったいいつまで、それはできないのだろう。白鳥たちはいつまで、この土地を訪れてくれるのだろう。そもそもかれらの飛来はいつはじまったのだろう。それが百年なり千年といった時間でないこともあきらかだ。悠久とは時の本質。ただ人間たちによる土地の改変だけが、土地の本来のめぐりを傷つけ、急激な変更を強いる。

25　図書館では午後も半ばに達して、二階から一階を見下ろすことのできる個人用の机でこの文章を書いていたぼくは軽い疲れを感じ、背伸びをするために立ち上がった。こんなときの気分転換としてまるで関係のない本を棚から取り出し、行き当たりばったりにページを開いて目がとまった段落を読んでみるのはいいものだ。いまぼくが開いたページには、この段落があった。「動物の肉の大きな塊が食卓に出され、そこで切り分けられるという風習が、次第に廃れていったということは、多くの要因に基づいていることは全く確かである。その極めて重要な要因のひとつは、家族単位がかなり小さくなっていく変動によって、家政が小規模になっていったことであろう。次に考えられるのは、機織り、紡績、屠殺といった製造と加工の仕事が家政から分離し、それらの仕事が一般的に手工業者、商人、製造業者といった専門家の手に移っていき、家政が本質的にはひとつの消費単位になってしまうことであろう」（ノルベルト・エリアス『文明化の過程』赤井・中村・吉田訳、法政大学出版局、一九七七年）。消費単位としての家族。その複合体としての社会。生命を見失う行為としての消費。生命を忘却することをめざすヒトの社会。いちばん気になるのは家族単位が小さくなっていったという点で、核家族がさらに核分裂を起こしてしまったような社会のおそろしい孤独を思った。そんな孤独が蔓延する社会にわれわれは生きている。だが一方では、孤独が自由につながる人もいる。選択の余地ある消費をもって、それを自由と思いこむこともある。

26

まさおの考え。一時期、土地の歴史の中で見ればほんの一時期、米を作る水田だったことのあるこの場所がいまは単なる「広さ」に戻り、ところどころに水たまりがありさまざまな種類の草が自由に生えている。めぐみさんと会った昨日につづきこの区域を歩きに来たまさおは、この土地のむかしを改めて想像した。たぶん日本列島のほとんどの海岸がそうであったように、ここも湿地帯だったろう。川が流れ湿地を作り、逆に海は塩をそこに与えてたくさんのラグーン（潟湖）がここにもあっただろう。場所に最適の植物はなんの邪魔もなく自由に生育していただろう。めぐみさんのいう「草木道」だ。多くの魚や貝類や甲殻類や両生類や爬虫類や水生・陸生の昆虫が暮らしただろう。かれらを獲物とする鳥類もたくさんいただろう。年ごとに飛来してくるものもいただろう。緯度と動植物の関係をぼくはよく知らないが、ここに白鳥も来て川には鮭が遡上したことだろう。この土地は、この場所は、陸と海との中間地帯で、どちらにも属さず、どちらにも属し、生命を支えた。そんなことをまさおは思っていた。

27

　ところでこの数年、湿原に特別な興味を覚えてきたぼくは、湿原を主題として話をしたことがある。昨年の秋、代官山のＡＩＴでの「東京事典」という企画に誘われた。二十分の時間が与えられ、「東京」をめぐって考えていること思うことを自由に語り、あるいは演じ、それを収録したビデオがアーカイヴ化されてやがて大きな「事典」を構成する。そんな企画だった。ぼくは日本列島がまだその名もなく手つかずであった時期のもっとも根源的な風景を「湿原」だと考えていた。それで東京を語るために、北海道の野付半島や根室半島、また釧路湿原などで撮影したビデオ映像を組み合わせ、最後は台湾の原住民（台湾では「先住民」でなく「原住民」が正式の呼び方）小学生たちのサンバ・バンドが沖縄・那覇の商店街を練り歩く姿でそれをしめくくった。この映像を見てそれが東京と無関係だなどと思わないでほしい、というのがぼくの気持ちだった。これは東京というよりも、ある原型だ。「東京」という名で呼ばれるひろがりだって、かつては湿原だったのだ（この発表については以下のサイトを参照。http://tokyojiten.net）。

28

その日ぼくは“Uncovering”というタイトルで話をした。「覆いを取り除くこと」だ。覆われたものから覆いを取り除き、光と風にさらす。覆われているのは土、そして水。人間たちの都市はアスファルトとコンクリートという鉱物的な素材によって、地下と地表の世界を分断し、水と水を分断してしまった。舗装は交通に奉仕し、物資や人の流れの管理を容易にする。でも命は？　閉ざされ固められた水路がどれほど水を流しても、そこに美しさが生じる余地はない。命の場所がない。覚えている人はたくさんいるはずだ。半世紀前、東京にも未舗装の道路や空地がいくらでもあった。土地は少しずつ覆われていった。排水と汚れを呑みこみながらも、さらさらと流れる川もたくさんあった。川は暗渠とされていった。人工物の非情な面に覆われて、地水火風の流動はせきとめられ、都市は生命に敵対する。みみずたちの活動を、チャールズ・ダーウィンは造山運動に喩えた。土を作ったのはかれらだ。みみずたちがいなければこの地表では、現在のようなかたちで生命が営まれることはなかった。だがかれらの活動も、舗装された街の下では、きびしく制限されている。もぐらが死んだ。蛇もとかげも住めない。水が流れるところ、樹木と草が育ち、魚が住み、鳥が集まる。けれどもその流れに対して、太陽の光や新鮮な風にふれる権利を奪うとき、そこで生きることのできる生命はごく限られたものになる。生命とはわれわれの想像をはるかに越えてしぶといものなので、どんな環境であれ何かが生きてゆくだろう。だがわれわれが親しみ、われわれをその共同体の一員として迎えてくれたような、多くの哺乳動物や鳥類を擁する土地は、ヒトの自己規制と意識の改革がないかぎり失われてゆく一方だ。けさ、神田小川町を歩いていた。ここはかつて元鷹匠町と呼ばれていた。鷹匠が住み鷹を飼い小動物や鳥を狩る。その狩猟の舞台となる草原があり、湿原があった。かつて日比谷は入江だった、海だった。整備される以前の水辺は当然、葦やすすきが茂る湿原であり、ひしめく生命のための広大な場所だったはずだ。江戸を忘れて、さらに千年を、二千年を遡ろう。そこにひろがるこの土地のかつての姿をすべて忘却によって舗装し、そこに貨幣と商品をしきつめ、われわれはいったいどんな生き方をしようとしているのか。

29　つづき。ぼくは uncovering を提唱したい。都市の一定区域から覆いを取り除き、エレメンツの循環を確保することだ。ヒトでありヒトでしかないわれわれも、土を踏む権利を主張しよう。舗装された歩道ではなく、なまなましく露出した赤土や火山灰を踏みながら日々を暮らそう。森を回復し、落葉を踏みしめよう。舗装道路の総面積を現在の六割以下にまで縮小し、一定以上の面積を占めるすべての都市建築のマージンに露出した土と樹木の地帯を義務づけよう。植林しよう。多種多様な植物が織りなす土着の植生を回復しよう。森を作ろう。プエブロ・インディアンのある村では、村の中の地面にいくつかの聖なる地点があるのだという。子供たちは遊びながらでも、それらの地点をなるべく多く踏むことを勧められて育つ。踏めば踏むだけ、それはその子の命にとって、力になるからだ。踏めば踏むだけ、土地の力も増す。踏むことは感謝の表現であり、祈りの一形式だ。すべてを人工物で塗りつぶしたわれわれの都市は、そんな地点をふたたび想像し、その実在をつきとめなくてはならない。そこに小さな森を作り、日々その森をめぐりながら、その地点を足で踏みながら、暮らしてゆくことにしよう。そのとき「東京」が取り戻すのは、失われ、ないがしろにされてきた聖性の感覚であり、生命の物質的循環に対する、必要な意識の覚醒なのだ。

30　今日まさおが歩いてきた「広さ」は、人工物で塗りつぶされたヒトの居住区が立ち去ったあとの姿だった。まさおは思った。海が取り戻そうとした土地を生命のために最大に役立てようと思うなら、そこを少なくともしばらくはヒトの経済に都合のいい場所にすることをあきらめ、動植物の共有場にしなくてはならないだろう。もともと、この土地、この緯度、この陽光、この降雨や水系をもつとき、どんな植物たち動物たちがここに住みつき、あるいは、何度でも戻ってくるのか。海と陸のあいだで、湿原で、汽水のラグーンで。それはいうまでもなくまさおの想像にすぎなかった。でも必要な想像だと思えた。少なくとも巨大な防潮堤を建設してヒトの生活をまた一歩生命から隔ててゆくという想像よりは、ずっと必要な想像だと、まさおは思った。

31　彼がいま暮らす大都市にむかって帰ってゆく列車に乗りながら、その窓の外の風景を見ながら、まさおの頭の中ではまたいろいろな記憶の断片や何度もくりかえされてきたひとりごとや空想の会話のきれはしが、くるくるとつむじ風のように舞うのだった。窓の外は日本で、線路がつづくかぎりどこまでもどうしようもなく日本で、そのことは変えられない。けれどもすべての海が海であり川が川として重なり合うように、想像力は空間や時間の隔たりも、生と死の絶対的な隔たりも、超えてゆくことができるのだ。想像力はその動きを夢から学んだ。夢で見た風景によって現実の目の前の風景を解釈してゆくことができる。夢で会った存在とのやりとりによって現実の目の前の時間を別の方向へと逸らしてゆくことができる。まさおの仕事も生活もすぐには変えられないかもしれないが、だからといって仕事や生活を枠づけている社会や経済やそれらを運営している国という仕組みにすっかりそのまま従わなくてはならないということはないし、別な風に考えるのは誰にとっても権利だ。だってそうでなければなぜ、いろいろな悲しみがあるんだろう、とまさおは思った。「おなじひとつの歌だっていろいろな国語でいっぺんに歌われていい」とあまり脈絡もなくまさおは小さな声でつぶやいた。ガラス窓越しの夕暮れの空に月と金星が見えているのがわかった。それを見上げて吠えている犬も、町ごとにいたと思う。

32

小さな旅の終わりに近づいて、混み合った私鉄に乗り換えたまさおは立ったままその扉の窓ガラスを見てそれに触れて、このガラスの原材料はどこから来たものなのだろうという疑問をもった。たとえば都市を造るコンクリートにはすべてその起点となった石灰岩の山があったただろう。そしてもともとそれは太古の生物の遺骸だったろう。このガラスを作る分子にもどこかに旅の起源の場所が？　考えてわかることではない。それからまさおはDのことを思い出した。高校生の一時期いちばん仲のいいともだちで一緒に自転車で半島をぐるりとまわる旅をしたことのあるDは、大学二年のとき事故で死んだ。通学用の自転車で一緒に大きな川の堤防を走ったときには、このままどこまでも行ける気がしていた。実際、そのときは河口の追いつめられた湿原まで、そのまま走って行ったのだ。事故はあまりに突然であまりに無意味だった。まさおは茫然とし混乱して、それからしばらくは頭の中がぐるぐるして二、三年がすぎた。（ぼくはこのころまさおに会ったわけだが、まさおがそのころどういう状況にいたのかは数年後までまったく知らなかった）。Dのおとうさんは Dの形見としてバンジョーをまさおにくれた。あいつバンジョーなんて弾けなかったくせにとまさおは思って、笑いたいような泣きたいような気持ちになった。バンジョーはどうチューニングを合わせればいいのかもわからないままで、まさおはやがてそれをただ同然の値段で古道具屋に売ってしまった。

33

図書館では、まもなく閉館の時間になる。アレシュがぼくを探しにきて声をかけた。きみの制作はすんだの、アレシュ？　終わったよ。本文はぜんぶ書いた、この福島への旅について。あとは自分で撮影した二十枚ほどの写真を選び、夜まとめてファイルをスロヴェニアに送る。明日には本というか冊子が完成する。そっちは？　ぼくはずっとここにいて、すわったり立ったりしながら、ある種の夢を見ていたんだと思う。考えはぜんぜんまとまらない。でもまさおを主人公にした話を書こうと思った。まさお？　それはどんな話なの。まさおは三十三歳の男、この土地の人間ではない。きみやぼくがいまそうしているように、別の土地から福島を訪れた。ごくわずかなことを見聞きした。多くがわかったわけではない。土地のごく限定された一角をうろうろし、何かを考えながら自分の生活に帰ってゆくんだ、ひとりで列車に乗って。ぼくの場合は列車と航空機になるけれどね、とアレシュがいった。で、そのまさおの物語は最後まで書けた？　彼はきみの友人なの？　いや、まだだ。ただノートにいくつかの断片を手で書いただけ。ひとつ書くと、ぼくはいろいろなことを思い出して、考え出して、先に進めなくなった。そして、もうひとつ。そして、もうひとつ。まさおは現実の友人ではないし誰かをモデルにしているわけでもない。でもぼくにとっては、あるたしかな手応えのある人影だ。そのまさおが混乱しながら考えている。考えの糸口を探している。ぼくはそれを書こうと思う。そのときまさおは、たとえばきみとぼくが共有している或る「態度」を、身をもって生きている。そんな漠然とした方角をめざして、ぼくはこの文章をしばらく書き進めてみることにするよ。たとえ石炭袋、空の穴におっこちてゆくことになろうとも。誰にとっても限られた時間の中で、終わらない旅に同行する道連れを、またひとり増やすことになっても。だって、そこにあるのに断ち切られた線路は、列車が帰ってくるのを待っている。その列車のすべての座席には、すべてのなつかしい人々が夢のようにほほえみながら、しずかにすわっている。ガタンゴトン。ケーン。ガタンゴトン。外は夜空。見てごらん。光のしずくが雨のように降りそそぐ、見わたすかぎりの星空。

ああ、ジョヴァンニ（作詞・作曲＝菅啓次郎）

何もなくなったとみんながいうその海岸に
冬がまた来てそこはいつのまにか雪野原
シベリアからの白鳥が矢のように空にささる
音が消えた真夜中　空には満天の星

ああ、ジョヴァンニ　きみはどうするの
ひとりでどこ行くの
ああ、ジョヴァンニ　どんな歌が
きみを呼んでるの

ここにはもう住めないって誰かがつぶやいた

夏がまた来て小さな青い花が咲く
海に背をむける人は遠い街へと去った
飼い主のいない犬がこちらをふりかえる

ああ、ジョヴァンニ　きみはどうするの
ひとりでどこ行くの
ああ、ジョヴァンニ　どんな歌が
きみを呼んでるの

ヘンリと昌益

出演　ヘンリ＝菅啓次郎、昌益＝木村友祐
（昌益のせりふは演者の木村友祐によって八戸弁に訳された）

ヘンリ　ああ、すっかり迷ってしまったな。ここはいったいどこだ。さっき外を歩いてきたが、とてつもなくさびしい風景だった。木が少ない、鳥も獣もいない。ただ人間ばかりがむやみに多く、ゾンビのような目をして歩いている。

　いったい、ここはどこなんだ。

　むかしは私もうそぶいていたよ、「この世界で迷子になるには目を閉じて一回転するだけで充分だ」*（261）なんてね。そうすればようやく、「自然」の広大さと不思議さがつくづくとわかるようになる、って。あれからずいぶん時がすぎたようだが、いまだに「自然」の何たるかがわかったとは、とてもいえないよ。むかしはこうも記していた、「ぼくらは迷ってからでないと、つまり世界を失ってからでないと、自分自身が見えてこないし、自分の居場所も、自分とかかわる世界の無限の広がりも、かいもく分からぬこととなる」(ibid.) って。いまだ生を知らず、ましてや死など。

死だって？

……いや、私は死後の世界があるというのではないんだ。ないというつもりもないけれど。死後の世界があるとしても、それによって現在のこの世での生き方が左右されるのはどうも気に入らない。それがないと確定したなら、いさぎよくそれを受け入れよう。いや、しかしそうするとここにいるこの私は誰かな。

私はいま生きている、あなた方のような人間ではないかもしれない。私は何かを思い出しつつ、ただ語ろうとしている言葉にすぎないのかもしれない。ということは私は記憶ではあるかもしれないが、人間ともいえないのかもしれない。生きていた記憶はあるよ。ああ、たしかにある。知っていた場所があり、言葉を交わした人々がいる。名前もあった。名前は……うーん、どうも思い出せないな。いや、笑ってはいけないよ、自分の名前を忘れてもいいというのは死者の特権なのだから。土地の名前はどうだろう。私に関わりのあった土地というと……。

アラバマ？　いや、むしろその対極だ。

イングランド？　たしかに聞いたことはあるが行った覚えはない。

ウズベキスタン？　いったいそれは国の名前かい？

エジプト？　ああ、大いに興味をもっているが象形文字はちんぷんかんぷんだ。

オランダ？　うん、あなどれない国だな。偉大なデカルトもスピノザも暮らした。

あ、い、う、え、お。か、き、く、け、こ。こ。こ。

コンコルド？　この名前にどうもひっかかるなあ。音速を超えて空を飛ぶ。おそろしい衝撃波、体にかかる強烈な重力。大西洋なんか四時間でひとっとび！　いや、しかしそんな時代に生きていたわけではないか。発音も少しちがう。コンコルドではなく、コンコード。フランス語ではなく、英語。コンコード、コンコード、コンコード。

Concord, Massachusetts!

この響き！　そうだよ、そうだ。霧が晴れたように何かがはっきりしてきた。たしかに私が関わりをもった町の名前がそれだ。私はConcordで生まれDiscordを学んだ。というか、自分自身がDiscordになったのかな。Concordというのは調和のことだ。皮肉なものだな、その名を聞いて思い出すことといったらBattle Field! つまり戦場。そしてあの監獄。そしてあの冷淡な人々。世間。私はConcordの中のDiscordだった。不和の種。調和を乱すものだった。

それもいいだろう、少なくとも私は正直だった。正直とはどういうことかを考えてもいた。それで実験にとりかかったというわけさ。何の実験かって？　ひとことでいえば自分自身であるための実験かな。自分自身であるためには、自分の原則を打ちたて、それを守らなくてはならない。人間にとって原則は言葉で作られるもので、それは文として書かれなくてはならない。このあたりのことはずいぶん考えたよ。社会、それは集団だ。私、それは個人だ。私が私であることを貫くためには、私のやり方をまず、みなさんの目に見えるかたちでしめさなくてはならない。私の実験は、いわば「庵」をむすぶ実験。そして、文章を書く実験だった。森にひとりで入り、小さな小さな小屋で居住を試みる。「ひとり一社会」の実験とでもいえばいいのかな。みなさんが作ったこのニューイングランドの社会とは離れて、でも平行して、森の中に私ひとりの社会を作るというわけだ。（ところでニューイングランドとはいうが、オールドイングランドではどうやら最近女王が亡くなって新しい王に交代したらしいね。この話は未来から伝わって来た。しかもニューイングランドが大陸規模に拡大したものといっていいアメリカでは大した道化者の前大統領がただちにおれを大統領に復活させろと意気込んでいるそうじゃないか。何しろ自分で「切り札」すなわちトランプと名乗るんだから、底抜けの道化にはちがいない。世も末だね。だがそれをいうなら「世も末」という状態は二百年でも二千年でもつづくんだね。未来がとことん恐ろしくなるよ。）

私が試みたことに戻ろうか。町に対して、私ひとりの社会をつくる。公文書でできあがった国家に対して、私の文章で別の原則をしめす。すでにあるアメリカに対して、一から再開できる別のアメリカを演じてみせるのだ。「必然的で、存在する権利のあるものだけが尊重され」「音楽と詩が鳴り響く」ような社会をね。

おや、ガサゴソとしげみをゆく動物の物音が聞こえたよ。あれはマスクラットにちがいない。ひとり一社会の実験とはいったが、隣人たる動物たちは大歓迎だ。マスクラットは勤勉に家を作る動物だ。見下ろすと卵型に見える家を、川の斜面に等間隔に作っていく。秋のこの季節こそ巣作りの季節なんだろう。先端を切り取られた円錐形をして、みるみる高さを増している。マスクラットと淡水産のイシガイは、この川の原住民だ。「かれらの同僚だったインディアンすなわち先住民は、過去の人になってしまったが、マスクラットとイシガイは生きている」(２５０)。あの愛嬌のある顔が、私は好きだな。水面から鼻先だけ出して、枝をくわえて泳いでゆく姿は、見ていておもしろい。ところがマスクラットは、どこかの島国では外来生物だといって差別されている。しかもその国で、外国人労働者だといって差別されている誰かがマスクラットを捕まえて料理して食べたら、狩猟の許可を得ていないといって逮捕されたそうだ。私は頭が沸騰しそうになったよ。

【このあたりで昌益が舞台に出てきて位置につく】

私は肉食を好むわけではないが、ウッドチャックを捕まえてそのまま齧りたいと思ったことがある。生命は土地に住み、土地が生かし、土地が与えるものだろう。逮捕されたその外国人の行動こそ、自然の側にあるとは思わないか。生命の側にあると思わないか。そもそもだよ、なぜその外来生物がそこにいるのか、なぜ外国人労働者がそこにいてまるで奴隷のような待遇を強いられているのか、考えたことがあるのか。

まったく人間の社会ってやつは、なぜここまで生命に敵対するんだろうな。

昌益　だいじょぶだべが、あの人は。さっきがらひとりでぶづぶづ、ぶづぶづ。森の中の湖、このほどりのぽっかり空いだ土地に異国風の庵があるど思ったら。頭ァ怪しいがもしんねんども、痩へでで、あまり凶暴な感じもせぬ。

どら、ひとづ声ばかげでみるが。

おい、あんだ。こごはあんだの庵が。

ヘンリ　うわっ！　そういうあなたは……インディアンですか。

昌益　インディアンどはなんのごどだ。

ヘンリ　いや、失礼しました。もともと東インド人、すなわちヒンドゥスタンの人々のことをインディアンといいましたが、その後、ヨーロッパ人のあまり頭がいいとはいえない勘違いによって西インドと呼ばれるようになったカリブ海域の人々を西インド人と呼ぶようになり、そこからさらに派生してこの大陸の先住民のことをインディアンと称するようになった、ずっとそんなわけでして。

昌益　うむ、ながなが理屈っぽい話っぷりだな。わしは理屈っぽいのは大好きだ。しても、ちがう。わしはあんだのいうインディアンではない。

ヘンリ　たしかに、その顔立ちを拝見すると、東インド人でも西インド人でもないようですが、この大陸の先住民という限定的な意味におけるインディアンには、まるで似ていないわけでもないようですね。

昌益　そったら類似によって世界ば区分けしようどすんのが。きみ、若いな。いや、幼いな。

ヘンリ　はあ、お褒めにあずかって恐縮です。

昌益　いや、褒めでいるのではないよ。

ヘンリ　まあ、若いというのは、悪いというよりはむしろいいことだと思いますよ。たとえ無知のどろんこ遊びみたいな状態であっても。人類は最初の人類、つまり、もっと若いころの人類からやり直すほうがいいだろうと私は思っていますし。ある意味、インディアンこそ最初の人類そのものです。

それに、類似によって語るというのはなかなか味わい深いものですよ。ほら、ごらんなさい、このどんぐりを。この森のホワイトオークのどんぐりです。食べてごらんなさい。甘みがあって、苦さはほとんどない。私にとっては栗の実とまったくおなじくらいうまい。これはパンのおいしさに似ているし、最初の人類たちがこのどんぐりを食べていたことには何ら不思議はありません。

人が顧みないどんぐりにこうした味を発見すると、私にとって世界全体が、いっそうすばらしいものになる。つまり、私だって最初の人類の同族なのです。

昌益　なかなかおもしろいごどをいうではないか。あんだ、名前はなんどいう?

ヘンリ　私は、私は……思い出した！　訊ねてくれてありがとうございます。私の名はヘンリ。

昌益　ヘンリ？　これはまだ変た理屈おんた、屁理屈おんた。

ヘンリ　なんですか、いきなり。デヴィッドともいいます。

昌益　何？　デイビドが。泥ど書いでデイ、美しいど書いでビ、土ど書いでドが？

ヘンリ　何のことかわかりませんが、デヴィッドです。もともとデヴィッド・ヘンリだったのですが、途中でヘンリ・デヴィッドに変えました。うん、そうだ。たしかにそうだ。

昌益　それはいい、ずっといいぞ。デイビドはいい。泥、転じで、美しい土どなる。土こそ人間にとってもっとも大切なものだ。あんだのごどはデイビドど呼ぶごどにしよう。

ヘンリ　どっちでもいいです。苗字はソロー。ヘンリ・デヴィッド・ソローです。

昌益　あっはっは。おもしろい坊やだね。「ヘンリは、デイビドで、候」どいうわげが。ながなが礼儀正しいね、きみは。

ヘンリ　そういうあなたは誰ですか。

昌益　わしは名も無い町医者だよ。名乗るほどのごどはない。八戸の町医者だ。

ヘンリ　八戸？　聞いたことがないな。そのあなたがどうしてここに？

昌益　さて、それがわがれば苦労はないさ。時空のゆがみとでもいうんだろうがねぇ。

　スイスチーズに穴がわったり開いでで、昼寝してでだらその穴のひとづさ落っこぢで、気がついだっきゃこごさいだとでもいうが。所詮わしはそんなねずみ。

ヘンリ　よくわかりませんが、よかった、われわれ一応、言葉がつうじていますね。

昌益　ひゃあっ！　なんだあれは。何が川さ飛び込んだぞ。でっけぇ、でかがった。ばげねずみが！

ヘンリ　ああ、あれはマスクラットです。あの川沿いにもりあがったのが、かれらの家ですよ。

　それにしても、われわれ、よく言葉がつうじていますね。

昌益　その理由ば知りたいがね？

ヘンリ　それはなぜでしょう？

昌益　それはわれわれがともに「最初の人類」に属しているがらだ。

ヘンリ　えっ！

昌益　絶句したのが？

ヘンリ　驚いています。

昌益　「最初の人類」どいったのは、あんだばよろごばせようどしただけだ。しても、まんざら嘘でもないぞ。いまのこの世のやり方を一がら考え直し、改めようどいう気持ちがあるものを「最初の人類」ど呼ぶなら、わしはたしがにそのひとりだし、見だどごろ、あんだもたしがにそのひとりだ。

ヘンリ　わかってもらえるんですか！

昌益　しかしこうして言葉がつうじでいるのはね、別の理由による。われわれがともに死んでいるがらだよ。

ヘンリ　ああ、やっぱり。

昌益　しょんぼりするごどはない。死者の国づのぁ、よろごびの国でもあんだよ。生ぎでいるあいだは時代どが、場所どが、言語どが、立場どが、そったらなんだかんだで隔でられでいだ者どうしが、いまや自由に言葉をかわし、意見ば交換するごどができるんだすけ。

さあ、せば、大切などごば話そうじゃないが。いぢおう名乗っておぐか。わしは安藤昌益だ。八戸の町医者だ。八戸づのぁ、日本、本州島の北のほうさある。

ヘンリ　昌益さん。ドクター昌益。ではうかがいましょう。

さきほど私のことを泥美土《ディビド》と呼んで、そのとき「土こそもっとも大切なものだ」とおっしゃっていましたね。あれはどういうことですか。

昌益　よぐ聞いでけだ。もっとも、そんなごどは八戸では寺小屋の子供だぢでも答えられるんどもな。

まぁ、んでも、大切などごだすけ、何度でも話すのに、やぶさがではないよ。

ヘンリ　おねがいします。

昌益　土にこそわしの思想の根幹があるのだ。いいが、よぐ聞ぎなせぇ。

「自然どは何が。互性・妙道の呼び名である。答えで曰ぐ、始めも終わりもない一つの土活《どかつ》真《しん》が自行《じこう》して、小にあるいは大に進退するごどである」(23)。土活真どいうのは、土に、活力の活に、真実の真ど書く。

ヘンリ　はあ。なんのことだか、さっぱりわかりません。
昌益　そったらさっぱりした顔でいわねんでけろ。いいがい。土活真のつづぎだ。あんだ、木どいえば木曜日の木、火どいえば火曜日の火、金どいえば金曜日の金、水どいえば水曜日の水どいう文字があるごどぐらいは知ってらべ。
ヘンリ　ええ、ドクター。書けませんが、想像はつきます。
昌益　しからば、だ。土活真の自行、おのずからの行動は、こんべ説明できるんだよ。「小進すれば木《もく》、大進すれば火《か》、小退すれば金《きん》、大退すれば水《すい》、の四行の気どなる。それらがまだそれぞれにひとり進退して、進木・退木・進火・退火・進金・退金・進水・退水という八気に分がれ、それぞれの性質がたがいに作用しあう。これがすなわぢ八気の互性である」どうだ？
ヘンリ　どうだといわれましても、ドクター。まるでエジプト人から象形文字の、アッシリア人から楔形文字の、説明を聞いているようです。
昌益　うむ。それも仕方がない。きょうのとごろは時間もないがら、いぢばん肝心なごどだげを話そうが。早わがりは現代人の悪癖だんども。

ヘンリ　はい、そうしてください。

昌益　さきほど、自然どは何が、という問いがらはじめだだろう。

それは互性・妙道のごどだよ。

互性・妙道どは、始めも終わりもない活真（まんづ、ギリシャ人のいうエネルゲイアおんもんだ）が、互いに働ぎあい感応しあって姿を変えでゆぐ道理ばあらわすんだ。いましがだあげだ木・火・金・水はいずれもそれぞれの性質ばもった気だ。して、これんどの気の中で、いぢばんの大元になる気が土《ど》つまり土《つぢ》なのだ。しだがって活真どは土活真ど呼んでもおなじごどだ。土活真の自行、土活真みずがらの行ないだよ。

「だれも教えずだれがらも習わず、増すごども減ずるごどもなぐ、自《ひと》り然《す》るのである。だがらこれを自然ど呼ぶのである」（24）。

ヘンリ　あー！

昌益　感得したが？

ヘンリ　はい。いいえ。はい。なんとなく。すぐには呑みこめませんが。その土《ど》といいますか土《つち》は、私たちの足がよって立つこの地面の土とおなじものなのでしょうか。

昌益　いうまでもなく、そうだ。この土、ほら、この土そのものが、土活真のあらわれ、いやリプレゼンテーションではなくエンボディメントなのだ。

ヘンリ　おお。ということは土がみずから土を作り、万物にも姿を変え、動植物を生み、生命を養うのだと考えていいのでしょうか。

昌益　当たらずといえども遠からず。

ヘンリ　ドクター、私は、あるとき実験を試みたのです。

昌益　うん。どったら実験だい。

ヘンリ　私はこの付近の町コンコードで生まれたのですが、それからしばらくボストンという都会で育ち、四歳のときにこっちに帰ってきたんです。そのとき、「ほかならぬこの森をぬけ、この畑を通って池に出た。池はぼくの記憶に刻印された場面の中で最も古いものの一つ」（238）なんです。

昌益　幼児の記憶は強ぐ残るすけな。

ヘンリ　その実験というのはひとことでいえばできるだけ「自然」のそばで、土に密着して生きてみるということだったのですが、その「自然」とは結局は人間社会の外、という意味だったと思うんですよ。

昌益　おお、わしもそれには賛成だ。現在の人間の社会が強いる生き方どは別の生ぎ方を考えたいわげだ。

ヘンリ　はい。もちろん、人間がこれまでに作ってきたもの、やってきたことのすべてを否定するわけでありませんよ。斧はありがたく使うし、釘だって必要だ。窓にはめるガラスも必要でしょう。

その上で、小屋は自分で建てる。畑は自分で作る。生計をきちんと見直し、まずまず生きていけるようにする。そんな試みをすれば、いやでもまた、なぜ必要以上の貧窮を強いられる人々がいるのかも、なぜこの国から奴隷制度がなくならないのかも、おぼろげにわかってくると思ったのです。

昌益　うん、あんだの考えの筋道はまぢがってはいないど思うよ。

ヘンリ　ほんとうの生活必需品というと、それは食物をおいてはないわけですが、現代社会では「化学は勉強しても、おのれのパンの作られるすべを知らず、いくら機械学を学んでも、パンを手にいれる手だては分からない」(73)、ただ給料をもらって、自分が正体すらわかっていないものをお金で買うだけです。大学というところがまた一種のfunhouse（びっくり屋敷）で。現在の学生たちは遊ぶことしか考えていませんが、私たちのころでも「貧しい学生でさえ、勉強したり教えられたりするのは政治経済学ばかり、そのくせ哲学と同じ意味の生活経済学は、この国の大学では真剣に教えることとさえ手つかず」(ibid.) でした。いやね、いまfunhouseといいましたがfunをfuneralを略したものと考えてもおなじことで、人々の生活をさんざん破壊した人間のfuneralを国家がおこなうような国では、社会全体が邪悪なびっくり屋敷になるのもむりはありません。

昌益　まったぐ、その通りだな。……ああ、すまぬが、いささかのどが乾いだ。デイビドよ、泥の美しい土よ、水をいっぱいいいだだげるだろうが。

ヘンリ　さあ、どうぞ、この池の水はいくらでもお飲みください、と答えてもいいのですが、小屋に飲み物の用意がありますから、それをさしあげましょう。こちらへどうぞ。

昌益　うん、かだじげない。おお、これはよい香りがするな。茶ではなし、麦湯ではなし。

ヘンリ　ロイボスという木の葉を煎じたものですよ。南アフリカ原産の木です、私もむかしは知らなかった。カナダ人に教わった、ヘムロックの木の葉を浸した水を試したことはありましたが。私は飲み物では水が最高だという考えですが、客人には少しだけ珍しいものを。

昌益　ありがどう。小屋がきぢんと片付いでいで感心するよ。いろりはないのが。

ヘンリ　「いろり」とは何ですか。

昌益　火を使う場だ。

ヘンリ　ああ、それなら壁際に鉄のストーヴがあります。

昌益　それば真ん中さ置げばいい。なぜならいろりどは家の中心だがらな。「わだしはいつも人家のいろりを見るたびに、その灰のながに活真の体である土があり、また木火金水の四気がおのずど活動して、進退、互性、八気、通・横・逆の微妙な作用を示しているごどにつぐづぐ感心する」（25）。

つまりね、薪が燃え、鍋があだたまり、湯が沸ぎ、鍋のつるが熱くなりすぎない、といったごどには、すべで八つの気の精妙な相互作用があるどいうわげだ。人間はいろりで食物を煮で、口に入れ、煮えだ食物は胃にいだって人間が生ぎる助けどなる。これもすべておなじごど。このすべてはいろりの灰である土活真の直耕のしわざであり、天海《てんち》の中央にある土活真が直耕してすべての生物が繁栄するのど同一の妙道なのだよ。

あ、「てんち」どいうのはふつうの天に地面の地ど書いでもいいんども、わしは天ど海ど書いで「てんち」ど読むし、さらには「転ずる」の転に「定まる」の定《てい》ど書いで「てんち」ど読む読み方も考えだしたんだ。

ヘンリ　いろりが家の中心であり、そのまま天地の、宇宙の中心とも重なってくるという考え方でしょうか。いまおっしゃった直耕とは、直接耕すという意味ですか。

昌益　そのとおり。家におけるいろりの働ぎど、人間の腹の中の臓腑の働きどは、おなじものだ。宇宙の働ぎもまだおなじで、すべては土活真の直耕だ。

ヘンリ　人間のことをミクロコスモスといって、宇宙そのものであるマクロコスモスを小さくしたものだという考えがありましたが、家もまた別のスケールにあるミクロコスモスなんですね。

昌益　そうそう。わしはギリシャ語はわがんねんども、マグロもサンマも、魚は魚どいうごどなんだねえ。

ヘンリ　ミクロコスモスとしての家か。それで思い出しました。

アメリカの南西部にナバホという人々が住んでいるんです。かれらの家はホーガンといって、まるで土まんじゅうというか、さっき見たマスクラットの家にも似たかたちで地面から生えています。いえ、私は生きているあいだは知らなかったのですが、その後、北米中のインディアンの土地を訪ねて歩いたんですよ。私はインディアンの生活に非常に興味があったのですが、私のころはまだまだ移動がそんなに自由ではなかった。魂が解放されてから、出かけてゆきました、太平洋岸北西部へも、南西部へも。いろいろ学びました。

ナバホの自称はディネ、ずっと北のほうの大平原から南下してきたアパッチの仲間です。かれらの家はこねた土でできていて、ちょうど東に出入口がある。それは太陽がのぼったとき、朝日が家の中央の地面にある炉、つまりあなたがいう「いろり」の火に挨拶できるようにしているのです。太陽の火と家の火が、母と娘のように抱擁をかわすことで一日がはじまる。すばらしい光景だと思いませんか。

昌益　うん、うん。そごにも土活真ありだ。万物は太陽の火によって「生生無窮」だがらね。

ヘンリ　食物を煮るとおっしゃいましたが、お国ではどんなものを食べるんですか。

昌益　食物は穀物だ。これが基本だな。穀物は耕さねぇば実らないし、煮なければ食えない。「人間の顔にある瞼・眼球がものを見、耳朶・耳孔がものを聞ぎ、鼻が嗅ぎ、唇が語り、歯が噛み、舌が味わうのは、ただこれ口に食わせようがためである」(33)どいってね。して、口が食うものは穀物。穀物ど野菜を煮で食っているうぢは、まぢがいがない。

煮ないで食うのは良ぐないよ。冷えで、体を損なう。飢饉の年どが、食物が手に入らず、なんでもなまのものを口にするど、たぢまぢ平常心ば失ってほどんど死にかげだようになる。むごいごどだんども、こんなどぎでもよぐ煮だ穀物や野菜を食えば、すぐに人心を回復するごどができるものだ。

さらにいえば、わしの考えでは「人間の身体、心神、感情や行動、日々の生業などは、人間みずがらがなしているわざではなく、煮で食った穀物がなさせでいるわざ」(35)なのだよ。

ヘンリ　穀物に人間が動かされるのですか！

昌益　そういうごどだね。さらにいえば米粒こそ人体の相似物だ。あんだは、米を食べるがい？

ヘンリ　米。イネ属イネ科のOryza sativaですね。もちろん、好きですよ。あるとき、とことん豆のことを知ってやろうと、豆畑を作ってみたんです。でも別に豆を食べたかったわけではなくて、生来のピタゴラス派だったので、作った豆は米に換えてしまいました(246)。

昌益　なんだい、そのピタゴラス派づうのは。

ヘンリ　ピタゴラスは古代ギリシャの哲人で宗教的な教団の指導者でしたが、彼は豆ぎらいでね。その理由は諸説あるのですが、そら豆を食べるとおならが出る、生命は息である、すなわち体から息が出てゆくと魂が弱ってしまうと考えたというのがひとつ。当時は選挙というかくじ引きに豆が使われたため、不正がつけいる余地が生じることを嫌ったというのがひとつ。豆は節をもたずにどんどん空に伸びてゆくので、それはいわば地と天をむすぶコミュニケーション・ツールだ、そこに死者の魂が宿るので食べるわけにはいかないというのがひとつ。ほんとうのところは分かりません。味がきらいだっただけかもしれませんね。

昌益　贅沢な話だな。

ヘンリ　私も豆はあまり好きじゃなかったのは許してください。よく食べたのはスベリヒユです。

昌益　あっはっは。そったら「比喩がすべる」だなんて、いがにもインテリくさい冗談をいいなさんな。

ヘンリ　いやだなあ、ドクター。これは雑草扱いされるけれど、茹でて塩をふるだけで満足できるディナーになるんですよ（87）。いまでは世界的にスーパーフードとして認知されているようですけれどね。

昌益　したんども、草ばりだば、腹がもだねがべ。

ヘンリ　はい、どうしても穀物が必要ですね。だからこう書いたことがあるんですよ。

「パンは最初トウモロコシの純粋な粉と塩だけで作った。正真正銘のトウモロコシ・パンで、これをぼくは屋根板や、家を建てるときにできた木材の切れはしの上にのせて、戸外に焚いた火にかざして焼き上げたが、いつも煙でいぶされてマツの味がしたものだった。コムギ粉もためしてみたが、結局ライムギとトウモロコシの粉を混ぜたものがいちばん手頃で、ぼくの口にも合うことが分かった。寒い天候の折など、こういうパンの小さな塊をいくつか、エジプト人が卵を孵化させるときのように、注意深く世話をし、ひっくり返しながら次次と焼き上げていくのは、少なからぬ楽しみだった」(88)。

昌益　パンどいうのがどういうものがわがんねんども、まんじゅうみてぇなもんだべが。

ヘンリ　まんじゅうというのがどういうものかわかりませんが、パンはうまいですよ。

昌益　まあ、煮るにこしたごどはねんども、それぞれの土地のやり方だがら、焼ぐのもいがべ。私だって、さつまいもがあれば焼ぐ。何より大切なのは自分で耕す、自分で作るどいうごどだな。

ヘンリ　そう思いますか、ドクター！　じつは私もそう思うんですよ。

昌益　疑いの余地もないね。人間ならそうせねばならない。土活真どいうごどをいったが、その活真どいうがエネルゲイアが横気《おうき》に（つまり横むきに）転回すると鳥獣虫魚を生じる。それら大小の鳥獣虫魚が互いに食い合うのは、それ自体が互性の直耕、すなわち正当な関係だどいっていい。

活真が逆気《ぎゃくき》に（つまり逆さまに）転回すると、生じるのは草木だ。だがら草木というのは地に逆立ぢして土中がら養分を吸い上げるだろう。それが草木の直耕なんだね。

いいがい、もうわがったど思うんども、「直耕」まっすぐに耕すどいうのは、生命体が食物・衣類を得る活動の呼び名なのだ。いいがえれば衣食の道とは、それらを得るための直耕の呼び名なのだ。

だがら宇宙ど人ど物の活動は、衣食の道、これにつぎる。それ以外に道というものはどごにもない。道とは衣食を直耕するごどにほがならない（34）。

ヘンリ　ドクター昌益。

昌益　どやった、泥美土さん。

ヘンリ　感動で青ざめています。

昌益　いやあ、そういわれるど照れるなあ。

ヘンリ　いや、ほんとうです。あなたがおっしゃる衣食、その衣に建築というか住まいのことを含めるなら、そこで問題になっているのは経済、生活の経済、すなわち私がいう哲学そのものです。いや、ここまではっきりと、その関係を語ってくれた人には出会ったことがなかった。これからは師匠と呼ばせてください。

昌益　師匠が、ますます照れるべせ。んでも、いいよ。

ヘンリ　ドクター、ありがとうございます。

昌益　ともかぐ、人間は米でできでいで、米の子供どいっていいくらいなのだが、ちょっとあんだに聞いでおきたいごどが出できたよ。

ヘンリ　何でしょうか。

昌益　ずばり聞こう。あんだ、人間は平等だど思うが。

ヘンリ　はい！　それこそ私が考えてきたことです。人間は平等でなくてはならない。

がい。

昌益　うん、それだばいがった。あんだ、孔子だの釈迦だのどいう名前ば聞いだごどがある

ヘンリ　ええ、いちおう。多くは知りませんが。

昌益　かれらこそ、この世に災厄をもだらした者どもだよ。

ヘンリ　えっ！　それはどういうことでしょうか。孔子といえば古代中国の賢人、釈迦といえば仏教の創始者ではありませんか。

昌益　ああ。世間で何と呼ばれできたがはどうでもいいのだよ。わしは自分で考えだごどだげを話す。かれらは自分勝手な私法《しほう》、私《わだくし》の法、すなわぢ自分が作った決まりごどを得々として話すだろう。自分では額に汗して働ぐごどもないくせに、直耕する庶民がら食をむさぼり奪って生ぎでいる。

ヘンリ　それは、まあ、わかります。

昌益　かれらのおがげで嘘がまがりとおる世の中になったのだよ。真実の言葉も行為もない。だがらこういうのだ。

こうなったのは「儒教の聖人が出で五倫五常などという私法を立で、嘘の話を教えで天道天下を盗んだがらだ。釈迦が現れで方便とがいう嘘を教え、人々のうえにあがってお布施を貪食したがらだ。老子が出で谷神《こくしん》死せずなどと嘘の話をして人々に寄食したがらだ。荘子が出で寓言偽言を語って盗み食いをしたがらだ。医書を作る人間が現れで、根拠もないでだらめの治療をし、人殺しを業としながら貪食したがらだ。みんながみんな嘘の話をもって人を教えだがらだ。世の人間がすべて嘘を語り、虚偽を行うのはそごに始まるのだ。これらはみな文字・書物・学問のさせだごどである。だがら天下の災厄だとわだしはいうのだ」(44)。

いいが、泥美土よ、ヘンリでもいいんども、ヘンリよ、これを屁理屈ど思ってはいけないよ。これはすべでほんとうのごどだ。かれらがこさえた私法《しほう》、わだくしの法は、人間の上下を差別するごどの根拠になる。かれらは人々を教化するごどで生活しているが、するとどうしても私欲が大きぐ育つ。自分では耕すごどもなぐ貪食し、下々の庶民を苦しめるわげだ。

ヘンリ　なるほど。かれらが農民のようにじかに土にふれている姿は、あまり想像できませんね。

昌益　そういう人間がいるごどで、かれらがどれほど立派なごどをいおうとも、やがで下は上をうらやみ、上は下をしぼりとるという欲心が生じる。苛斂誅求《かれんちゅうきゅう》税金をきびしぐとりたでる者、憂い悲しむ者、欲に迷う者、怨恨を抱ぐ者。こうしたすべでの邪気が入り乱れで人間の毛穴がら抜げ、吐ぐ息に混じって、宇宙の活真、活きて真なるものの気が、正しぐ転回してゆぐごどをさまだげる（54）。

これがあらゆる悲惨を引ぎ起ごすのだよ。人間社会のみならず、この世界のあらゆる生命に対して。

ヘンリ　税金というのは気になりますね。じつは私、税金の不払いで投獄されたことがありまして。

昌益　ほう、ながながやるではないか。

ヘンリ　それというのも奴隷制を認められなかったからなのです。

昌益　奴隷制度どは、私法の族《やがら》が私利私欲のために取り決めだごどの典型。それが社会を支配するどあっては、許せぬごどだ。

ヘンリ　そうでしょう？　ところが我が国の政府は奴隷制を廃止することができない。奴隷制を擁護するような政府に、私は税金を支払いたくない。納税が義務だといって税金を払わぬ者を逮捕するなら、平然と逮捕されよう。そう思ったわけです。私が収める税金を軍備増強に遣ったり、原発増設に遣ったり、そんな政府を支持するいわれはない。

昌益　それでこそ道理がとおるね。

ヘンリ　奴隷制をめぐってアメリカでは南北がまっぷたつに分かれました。奴隷制は悲惨そのものですが、それを擁護する奴隷所有者たちがあくまでも有力な土地がある。南部です。

南から北へと奴隷を逃すという直接行動にうつる人々も出てきましたが、それがあるとき悲惨な事件にむすびついた。そんな運動の指導者のひとり、ジョン・ブラウンらが、奴隷所有者数名を殺害してしまったのです。これには私も大きな衝撃をうけました。奴隷を逃すのは、絶対的な善です。しかし殺人は……絶対的な悪でしょう。議論の余地もない。

もっとも、この事件が起きたのは一八五九年の秋ですから、私がこの小屋に住んだ時期には、そんなことが起きるなんて思いもしなかったわけだ。ああ。やがて一八六一年に市民戦争が起きるころには、私は、私の体は、すでにひどく弱っていた。

昌益　人を奴隷にするのは絶対にいげないよ。わしが生きでいだころには、まだそのごどが十分にわがっていながった。あんだだぢが奴隷どいう言葉で思い浮がべるのはアフリカ系の人々だべ。「大西洋三角貿易」という言葉は、わしは聞いだごどもながったんども、わしが生ぎだ時代にはそれがフル・スイングで進行していだわげだ。

うん、黒人という存在は知っていだよ、見だごどはながったが。ポルトガル人が日本にやってきたころ、奴隷どして海外に売られでいった日本人もいだ。その後の世界史を見るどぎ、仮に「奴隷制度」を名目上は廃した国でも、事実上の奴隷はいぐらでもいる。自国内で奴隷化される人、外国人労働者どして奴隷化される人、性奴隷になるごどを強いられる人。こうした人々を利用して金儲けをしている極悪人ども。悪人どもを利する仕組みどしての国家。暗澹たる気持ぢになるのが当然だべ。

ヘンリ　ドクター、どうすればいいのでしょう。

昌益　物事を根本がら考え直すしかないね。

「道を盗むごどを盗といい、財を賊《ぬす》むごどを賊という。人の上に立って耕さずに貪食し、天道を盗むのは、これすなわち盗みの根本である。この根がら枝葉の賊が下々に生ずるのである」（310）。

いいがいヘンリ、盗みはすべての悪事の根本、天下のすべての悪事ど惑乱は、上が耕さずに貪食しているごどがら生ずるのだ。だがら上下を無ぐすごどだ、徹底的に。

ヘンリ　どうすればそうできるのでしょう。

昌益　簡単などどなのだ。「上の者は下をいづぐしんではならない。下の者は上を貴《たっと》んではならない。上の者が下をいづぐしまなげれば、下の者が上の恩を誇るごどはない。下の者が上を貴ばなげれば、上が下の敬いにおごるごどはない」（312）。

そもそも上が金銀を蓄えるのは、兵乱のどぎにこれを用いるためだ。金銀を蓄えで天下国家を治めようど欲する者は、兵乱を憎みながらわれと進んで兵乱の原因を作る者だ。

とにかぐ上下をなぐすごどだよ。そうすればおのずがら活真の世どなる。人々が活真自然の耕道をおごなえば、世にはおのずがら「治まる」も「乱れる」も「富む」も「貧する」もなぐなる。それはそもそも金銀の適用がないがらだ。

ヘンリ　ドクター！　いま何か、非常に根本的なことにふれられましたね。

昌益　わがるかい、ヘンリよ。わしはこんなふうに顔では笑っているが、心では泣ぎながらいっているのだよ。

　まさにさっきあんたがいったとおり、金銀を求める連中が軍備拡張を主張する、抑止力だどいっては核武装論を口にする、巨大事故の片がついでもいないのに原発新設を唱える、自国民だげでは足りないとばがりに外国人を「労働力」にする。背後には私利私欲しかないので人を人とも思わない、そったら国だよ、わしの国は。

　明治この方、貧乏人の子供だぢの命を使い捨てにするごどで、見がげ上の繁栄を創ってきた。そのやり方を、いまだに改めるごどがでぎない。利益がすべて、人生はいらない、という考えなんだべ。そしてそれを守る、とごとんバガげだ権威主義・事大主義がはびごっている。

ヘンリ　ああ、しかしそれはあなたの国だけではなく、世界のどこの国でも起きていることではないでしょうか。差異を利用して利益をあげる、利潤が利潤を生み、貧困が貧困を生む。

グローバル経済は現実に人を殺します。学校の中だろうが外だろうが、教育はすべてシステムに奉仕するものとして編成される。ボブ・マーリーが歌っていたでしょう、「バビロン・システムは吸血鬼だ《ヴァンパイア》」って。

私も、あなたも、この世にしばし滞在して、この世を去るのが早すぎました。まだまだ何かすべきことがある。そのために必死で魂魄を留めていきましょう。まだ遅くはない。必要とあれば甦りましょう。

昌益　そうだな、そうするべし。上下を作らず、というごどについてもうひとづいっておぎたいのは人間がいがに動物だぢをも苦しめでいるがという点だ。これもぜひ考えでおぎたい。あんだ、イノシシケガチを知っているが？

ヘンリ　いいえ。何のことでしょう。

昌益　わしが暮らす藩、八戸藩で、人々を苦しめだ大飢饉のごどだよ。これはいわば市場経済が生んだ生態学的災厄とでもいえる飢饉だった。

わしが生ぎだ時代は江戸時代の中後期。これは全国規模の市場経済が拡大した時期でね。

さっきいったおんた金銀ば欲しがる連中にとっては、うってつけの時代でもあったんだ。藩は現金収入を得たいだろう。すると商品作物の栽培を百姓に奨励する。作るのは大豆だ。そして奨励するとは、事実上、強制するごどだ。

大豆畑を作るために山林が開発される。追われで畑に出できた猪や鹿による食害が増える。大豆どいうのは連作すると土地が痩へでまうんだ。それば避げるために定期的に焼畑ばおごなうんども、するとこごに猪が好む山菜類が生えで、猪はいよいよ畑を荒らす。そったら食害に、きびしい冷害による穀類の不作が重なれば、飢饉に突入だ。

したんどもな、大量の死者ば出す飢饉の最大の原因は、人間社会における分配の失敗、物資と富の誤った集中なのだ。つまりは藩の経営の失敗なのだ。人間を人間ども思わぬものだぢに強いられで、農民だぢの生活はずだずだに破壊される。過酷な労働を強いられつづ、食べるものが何もない。追いづめられる。家畜ば食いつぐせば、やがでは親が子を食う、子が親を食う。この世の地獄だべせ。それは人間が作り出した地獄だ。

その間も、支配者だぢは安穏ど暮らし、暴力で人々を抑えつけでいる。許せるが。そんな世のあり方を許せるが。

ヘンリ　いいえ。断じて。【うなだれてしばし沈黙】

　私はコンコードの町にアイルランド人たちがやってくるのを見てきました。かれらはとことん貧しいんです。飢饉を逃れてきた移民たちです。かれらの話を聞きました。アイルランドはゆたかな緑の島です。そこをじゃがいも飢饉が襲い、食べるものを失った人々がばたばたと死んだ。ところがそのあいだにも、野菜を、乳製品を、豚や羊を満載した船がアイルランドからシャノン川を下ってイングランドにむかい、テームズ川をさかのぼってロンドンに積荷を下ろしていた。まったく人間社会ってやつは。

　アイルランドからの移民たちは、話にならないくらい貧しいんです。せっかく移民船に乗ったのに、アメリカの岸辺に着く寸前に船が難破して溺れ死んだ娘たちの波に打ち上げられた死体を、いくつも見たこともあった。でもアメリカに来て、それだけで希望に輝いている。豚を飼い、豚が輝き、子供たちは汚れた顔をしてニコニコ笑っている。かれらもまた私の隣人でした……。

昌益　【気分を変えるように明るく】おお、聞いだが、まるで笑い声おんた鳴き声ば！　あア、見でみ。池さ鳥が潜った。魚ば追ってんだね。あれはアビだべが。

ヘンリ　こっちではルーンと呼んでいます。私の好きな鳥です。潜っては、思いがけないところからひょいと顔を出す。ボートの向きをそちらに変えると、また潜り、また予想もつかないところに浮上する。鳥も人と遊びたがっているのだということを、私は確信しました。

昌益　んだ、鳥だぢは見飽ぎないね。鳥の世をもって人間の世を語る物語を、わしは書いたごどがあるんだよ。ハァ時間がねぇすけ、その話はまだの機会にすべ。よい飲み物をありがどう、ごぢそうさん。わしはもう行ぐよ。ヘンリ、泥美土、あんだはこれがらどやす？

ヘンリ　私はソーンター（saunter）をつづけるだけです。

昌益　何、忖度？

ヘンリ　いえいえ、ソーンター、目的もなく、けれども真剣に、あちこちを歩き回ることです。

この単語は中世において国中を放浪し、聖地すなわち Sainte Terre を求めることを意味しました。Sainte Terre が転じてソーンターになった。ドクター、私の聖地は宗教的なものではありません。この世の、人々が生きる場所です。生きていることを実感しながら、虐げられることなく、よろこびをもって暮らせる場所。それを探して、まだしばらく歩いてみます。

昌益　そうが。いづが八戸さもおんで。出会う必然性などまったぐながったわしらだんども、それぞれが残した文章の切れ端が、文の糸が、たまたま絡み合ったどいうごどなんだべ。

そんだば今日のわしらの会話も、文どして記しておぐごどに、少しは意味があるのがもしんねぇな。そうすれば誰ががその糸をつないでゆぐ。せばな、まだ会うべし。

【エンディングの歌“Wellerman”とその替え歌】

There once was a ship that put to sea
The name of the ship was the Billy O' Tea
The winds blew up, her bow dipped down
Oh, blow, my bully boys, blow (Huh!)

Soon may the Wellerman come
To bring us sugar and tea and rum
One day, when the tonguing is done
We'll take our leave and go!

八戸で生きる
おいら町医者
秘密の言葉は
土《ど》活真《かっしん》　はっ！
天にも地にも
上下なんかないさ
人間みんな
平等だ

ダー　ダーダ　ダッダダー　ダダダダダ　ダッダッダ！
ダー　ダーダ　ダッダッダー　ダダダダダダダ　（ハッ！）

（終）

＊　以下、ソローの発言についてはヘンリー・D・ソロー『ウォールデン』（酒本雅之訳、ちくま学芸文庫、二〇〇〇年）を、昌益の発言については安藤昌益『自然真営道』（野口武彦抄訳、講談社学術文庫、二〇二一年）を参照。数字はいうまでもなく該当ページをしめす。

川が川に戻る最初の日

砂漠に住むというのがどういうことなのか、砂漠に住んでみるまで知らなかった。そして知ったのは砂漠の美しさだった。サン＝テグジュペリの『星の王子さま』のおしまいのほうで、王子が「砂漠ってきれいだな」とつぶやく。それに対して、王子とつかのまの友情でむすばれた「ぼく」は、こんなふうに考える。「ほんとうだった。ぼくはいつだって砂漠が大好きだった。砂の丘の上にすわってみる。何も見えない。何も聞こえない。それなのに何かが、無音の中で光を放っている……」

限りなく広くて人のいない砂漠が、音の少ない土地だということは想像できる。聞こえるのは自然の音だけ、風と生命のざわめきだけ。でも、そこで見える光とはなんだろう？　夜の空、乾いた空気のもとで、ばらまかれた宝石のように光っているのは星たち、星たち、星たち。あまりにたくさんあって、そのひとつひとつが燃える太陽なのだと考えはじめると、少しめまいがする。満月が明るく輝く夜には、月の光が地上に届き、静けさによって感覚がとぎすまされているときには、その明るさが真昼のように感じられてくる。砂漠とは何よりも、光の土地だ。

でもぼくが住んだ砂漠は北アメリカ大陸南西部のソノラ砂漠で、それはサン＝テグジュペリが知っていたサハラ砂漠とはちがった。サハラのような砂の海ではなく、岩とサボテンの荒野なのだ。岩と、数種類のサボテンと、さまざまな灌木の荒野だ。そして砂漠に住むいろんな動物たち。ぼくはそこに三年住み、その土地を愛し、その土地に救われた。救われたのは、心だった。いま、日本の都会での毎日の暮らしに、どんなに暗い気持ちになったとしても、ソノラ砂漠の風景とそこに吹く熱い風を思い出すだけで、少しずつ元気を取り戻す。砂漠で知ったしずかな光が、別の場所で、ふとよみがえる。

ぼくが住んだのはアリゾナ州トゥーソン。乾燥した山脈の山すそに広がる町で、町が砂漠の中に住みこんでいた。アスファルトの道路が碁盤の目のように走っていても、それが土地の性質を変えるわけではない。人間が住む区画にも、動物たちは自由に出入りした。コヨーテがいる、ジャックラビットがいる、ボブキャットがいる。ハミングバードがいる、ロードランナーがいる、ヒラモンスターがいる。そんなふうに名前をあげても、それだけでは伝わらないのがくやしい。そう呼ぶたびに、目の前を実際にかれらが横切っているのとおなじ感じが、ぼくにはする。コヨーテは小型の狼。ジャックラビットは耳と足が異常に長く見える大型の兎。ボブキャットは大山猫で、ほんとうにでっかい。ハミングバードは蜂鳥、てのひらにおさまるほど小さく鮮やかな色をして、超高速で翼をはためかせながら空中にとまったまま花の蜜を吸う。ロードランナーは茶色くてスマートな体型の鳥、空を飛ぶことなくオートバイのような速さで地面をかけまわる。ヒラモンスターは毒々しいピンク色で、でっぷりとした体型の毒とかげ。出会ったらかなり恐いだろうが、さいわい砂漠博物館以外の場所では見たことがない。他にもラトルスネーク、つまりガラガラ蛇や、プレーリードッグ、つまり地面に巣穴を掘って犬みたいな声で鳴くリスの仲間や、タランチュラ、つまり大型で毛むくじゃらの蜘蛛が、家のすぐそばにも、たくさん住んでいた。危険はない、棲み分けはできている。でも人のすみかと野生動物たちのすみかは隣り合っていて、毎日の暮らしでかれら動物の人々のうちの誰かと会えば、それだけで一日が充実している気分になった。そして窓際に特別なかたちの容器《いれもの》に入れた砂糖水さえ準備しておけば、虹のように輝く蜂鳥は毎朝ぼくの部屋を訪れてくれた。だから毎日がいい一日だった。

雨はたしかに少なく、気温は高かった。一年のうち十ヶ月は半袖半ズボンで暮らした。夏の気温は40度を超える。でも乾燥した空気は気持ちよく、強い風が吹けばまるで小人になった自分にヘア・ドライヤーをあてているような気がした。汗をかいてもTシャツはすぐに乾いてしまう。水をたくさん飲んだ。飲んだ水は汗になり、シャツに塩の縞を残していった。一年中、腕も足も褐色に日焼けしていた。健康だった。そしてスペイン語をしゃべっていた。

乾燥して爽快な暑さの夏が半ば以上すぎて、八月のあるとき、モンスーンがやってくる。この土地でモンスーンと呼ばれているのはメキシコからの季節風で、「コルテスの海」とも呼ばれるカリフォルニア湾からの重く湿った風だ。雨らしい雨が降らなかった数ヶ月の後、あるとき、黒くて分厚い雲が南西からやってきて、不穏な空気をかきたてる。風の中に雨の匂いがして、それがどんどん強くなる。遠くですでに落下した雨の大きな粒が乾燥しきった植物と地面を叩き、それで砂漠の匂いが強烈に凝縮されたかたちで立ち上る。その濡れた匂いが、ここで現実の雨が降り始める直前、風に乗ってさきぶれのように到着するのだ。匂いはくっきりとした、さわやかな輪郭をもっている。雨の少ない土地ならではの、他では得難い、雨そのものからの贈り物だ。

雷がとどろき、稲妻がビカビカと光って、やがてどしゃ降りになる。雨のしずくは地面を打ってから、膝の高さまで跳ね上がる。わざと外に出て、思いきり雨を浴びる。たちまちびしょぬれになり、大笑いしながらひとしきり踊る。こんな贅沢は、他にそうはない。メキシコ人ばかりの近所の人たちも、みんな雨の中に出てくる。水が体中にしみわたるみたいだ。魂がもしもタオルのようなものだとしたら、そのタオルも水をたっぷり吸ってみずみずしくふくらみ、ずっしりと重くなる。

雨は長くは続かない。すっかり上がってしまえば、また強烈な太陽が地面と植物と動物に平等に照りつけ、すべてをたちまちのうちに乾かしてくれる。蒸気と砂漠の香りを含んだ空気は、明らかに昨日までの乾燥した空気とは別の季節のものになっている。雨季がやってきたのだ。一年のサイクルは別の段階に到達し、ぼくらは目が覚めたように、新しい何かの活動を誓う。新しいといってもそれはあくまでもこれまでの日々のくりかえしなのだが、そのくりかえし自体がふと新鮮に感じられるようになる。見慣れた風景が輝き、しっとりとした光にみちて、植物が息づくようすまで見える気がする。風がそよぎ、土地を踊らせている。気温は気化熱が奪われるせいでずいぶん下がった。

雨が上がるのには時間差があって、平坦な町がすっかり乾くころにも、山ではほとばしるような雨が降っている。山脈はつねに町よりもはるかに広大なので、そこには相当な量の水が空から落ちているはずだ。やがて夕方の太陽がかなり低くなり、光の色がオレンジ色に変わりはじめるころ、みんなが連れだって町外れの涸れた川に集まる。川といっても、もう何ヶ月もまったく水が流れていない。ただ川のかたちをした砂地が長くつづき、両岸にあたる部分にパロ・ベルデつまり「緑色の木」が境界線のように生えているだけ。川幅は数十メートル。そこに町の人たちが集まって、何かを待っている。

誰かがおだやかな声で「来た」とつぶやく。ほんとうだ。白い砂地の上を走るように、かなりの速さで近づいてくる影がある。影はその尖端ではごく細く、そこから舌のようなかたちでひろがり、さらにむこうではすでに川幅いっぱいになっている。子供たちがいっせいに砂に横になって、くすくす笑いながら、透明な影を待ちかまえる。待っているのは、川が川に戻る最初の瞬間なのだ。やがて水がここに到達し、はだしで立っている人の足をみるみる濡らし、1ミリ、3ミリ、5ミリ、7ミリと深さを増してくる。もうそれは、はっきりした流れだ。子供たちの興奮が高まり、かれらはごろごろと濡れた砂の上をころがるうちに、水しぶきをあげるようになる。犬たちもよろこんでふざけあいながら体を濡らしている。そこにあるのはもう立派な川で、川底のでこぼこにつれて水は不規則にバウンドするようにして、でも全体としてみれば滑らかに、力強く流れはじめる。大人たちも笑いながらわざと水にむかって倒れてみせる。水に濡れたシャツが体にくっつき、水に濡れた髪の毛は額やうなじにくっつく。雨の匂いがまた強くよみがえる。夕方の光の中で、年に一度の、名前のない、単純なよろこびにみちたお祭り騒ぎが続く。

それをぼくは「川が川に戻る最初の日」と呼んだ。土地と、雨と、植物と、動物と。過去少なくとも数万年にわたってこの場所で年ごとにくりかえされてきた、すべてが完璧な、晩夏のある夕方だ。

跋

「東京ヘテロトピア」は演出家・高山明とPort Bの二〇一三年の作品で、過去百年あまりの東京におけるアジア系住民たちの語られざる物語を主題とし、それぞれ特定の場所に埋めこまれた忘れられた歴史に、想像力によって接近する試みだった。選ばれた地点についての歴史の掘り起こしを、チームがリサーチする。その資料をうけとって、作家たちが物語を執筆する。ぼくは高山さんから物語を執筆する作家たちの選出を依頼された。瞬時に頭に浮かんだのが小野正嗣、温又柔、木村友祐のみなさんだった。大分県南部の漁村とカリブ海フランス語圏の島々を直結する想像力の持ち主である小野さん、台湾に生まれ東京で育ち文化的・言語的なはざまをつねに意識しつつ生き考え書く温さん、八戸出身で南部弁を母語とし東北のまつろわぬ民の魂を主題化しようとする木村さん。かれらほど、このプロジェクトにふさわしい作家たちは他にいなかった。

そこにぼくも加わり四人で手分けして場所の物語、ありえたかもしれない過去を書いた。書いた、必死で想像して。それは歴史忘却の上にたって自己形成をおこなってきた近代日本に対する批判であり、東京五輪による都市の記憶の破壊を二十一世紀においてもくりかえそうとする社会の主流に対する抵抗でもあった。それぞれの物語は日本語を母語としない人々により朗読され、個々のポイントに設置されたFM発信機からごく小さな範囲で放送された。作品を体験するためには簡易なラジオ受信機をもってその場におもむき、ダイアルを合わせて放送を聴取する必要がある。いわば極端に場所特定的な、インスタレーション型・観客参加型の演劇作品だ。それが東京ヘテロトピアで、ひとりひとりの観客たちは巡礼となって近現代の東京の亡霊化された土地をさまよい、いまもそこにただよう記憶の呼びかけを体験した。東京ヘテロトピアはその後アプリ版として再発表され、いくつかの場所と物語が追加されて、現在も新たな展開を見せている。

「ヘテロトピア」という用語についてはミシェル・フーコーを参照してください。われわれは、社会の支配的論理とは別の論理にしたがっている小さな場所のことをそう呼んだ。ある地点の過去を訪ね、そこでかつてあった（あるいはいま起こりつつある）かもしれない「よそもの」たちの物語を記すというフォーマットは、世界のどこでも試みることができる。高山明はその後、世界のいくつかの都市から招聘され、このヘテロトピア・プロジェクトを土地ごとのヴァージョンとして制作していった。ぼくはそのいくつかにも作家として参加した。本書の第一部「ヘテロトピア・テクスト集」はこれらの短い物語を集めたものだ。どのテクストも、土台となるリサーチを担当してくれた優秀なチームなくしては発想の糸口にもたどりつけないものばかりだった。つねに信頼を寄せて自由な執筆をまかせてくれた高山明さん、Port B の田中沙季さんと林立騎さん（現・那覇文化芸術劇場なはーと）、そして東京および各地のリサーチャーのみなさんに心から感謝します。

第二部は「もっと遠いよそ」と呼ぶことにした。ヘテロトピア・プロジェクトと精神的につうじるところのある、ぼく自身のフィクション作品を集めている。いずれもなんらかの経緯と場があって生まれたテクストばかり。それぞれの発表の場を与えていただいたみなさん、ありがとうございました。

「野原、海辺の野原」は二〇一六年一二月三日に明治大学アカデミーホールで開催された「声の氾濫」（明治大学理工学研究科建築・都市学専攻総合芸術系設立準備イベント）のために書かれ、「すばる」二〇一七年三月号に掲載された。

「そこに寝そべっていなかった猫たち」は明治大学文学部紀要「文学研究」132号（二〇一七年）に掲載された。

「偽史」は杉田敦編集による同名の冊子（+journal、二〇一六年）に掲載された。

「三十三歳のジョバンニ」は朗読劇「銀河鉄道の夜」関連書籍『ミグラード』（勁草書房、二〇一三年）のために書き下ろされ、ついで数回にわたって独立した全文朗読イベントにおいて上演された。

「ヘンリと昌益」は日本ソロー学会の二〇二二年度年次大会の基調講演として構想・制作された。管啓次郎（ヘンリー・デヴィッド・ソロー）、木村友祐（安藤昌益）による対話劇として、一〇月に慶應義塾大学で開催された同大会にて上演され、また二〇二四年一月には八戸で再演された。

　末尾に置いた独立した短い文章「川が川に戻る最初の日」だけが、本書の中では例外的なノンフィクションだ。東日本大震災の直後、野崎歓とともに編集したチャリティー作品集『ろうそくの炎がささやく言葉』（勁草書房、二〇一一年）のために書いた。しかし舞台となっている、一九九〇年代はじめまではたしかにあったソノラ砂漠の片隅のその場所も、すでに失われてしまった。われわれの社会はためらいなく多くを失っていく、壊していく、捨てていく。現実が失われたとき、書かれたものはフィクションと見分けがつかなくなるのか。われわれは文にむきあうとき、いつも潜在的にはそんな問いに直面している。いずれにせよ、これらの文がきみの何かの具体的な行動のきっかけになれば（たとえば「あの空き地を見にいこう」「強い風に吹かれてみよう」「老いた木に手をふれよう」「知らない人々の料理を食べにゆこう」「知らない言葉を十分間だけじっと聞いてみよう」「偶然出会った、明らかに外国人とわかる誰かに話しかけてみよう」といったこと）、それだけでそれぞれの文はむだにはならなかったといえるだろう。

きみが知らないきみの隣人たちの人生を、想像するきっかけになるならば。

二〇二四年八月一八日、狛江

管啓次郎 Keijiro Suga

一九五八年生まれ。比較文学研究者、詩人。明治大学理工学部および同大学院〈総合芸術系〉教授。主な著書に、『コロンブスの犬』（河出文庫、二〇一一年）、『狼が連れだって走る月』（河出文庫、二〇一二年）、『コヨーテ読書』（青土社、二〇〇三年）、『オムニフォン』（岩波書店、二〇〇五年）、『本は読めないものだから心配するな』（ちくま文庫、二〇二一年）、『斜線の旅』（インスクリプト、二〇〇九年）、『ストレンジオグラフィ』（左右社、二〇一三年）、『エレメンタル』（左右社、二〇二三年）、『本と貝殻』（コトニ社、二〇二三年）ほか。主な詩集に、『Agend'Ars』（左右社、二〇一〇年）、『時制論 Agend'Ars4』（左右社、二〇一三年）、『数と夕方』（左右社、二〇一七年）、『犬探し／犬のパピルス』（Tombac、二〇一九年）、『一週間、その他の小さな旅』（コトニ社、二〇二三年）など。

ヘテロトピア集

2024年11月20日　第1刷発行

著　者　管啓次郎

発行者　後藤亨真
発行所　コトニ社
〒274-0824　千葉県船橋市前原東5-45-1-518
TEL：090-7518-8826　FAX：043-330-4933
https://www.kotonisha.com

印刷・製本　モリモト印刷
装幀　著者自装（協力＝戸塚泰雄）
DTP　江尻智行

ISBN 978-4-910108-18-6